死限來臨前請抓住我

시한부

白殷別 백은별——著

梁如幸——譯

CONTENTS

序言

那是所有人早已進入夢鄉，一個再平凡不過的午夜時分，而我卻是醒著。隨著時間越來越接近國三，那一天如同往常，我不斷反覆著整理混亂的思緒，再讀一點書，然後腦子又被奇怪思想支配的過程。但不同以往的是，似乎有些許不祥預感，我以為大概是自己忘了什麼事吧，於是就不以為意地選擇忽視這樣的感覺。

然而，就在此時——

——叮鈴——

簡訊提示聲響起，用預覽稍微瞄了一下，是一封顯示「向您傳送照片」的簡訊。我心想「這又是什麼」，同時不以為意伸了伸懶腰，點入簡訊一看。

「媽的……」

紅褐色地板，是學校頂樓。

那時，腦中只閃過「糟糕，出事了」的念頭。寒冬中的半夜，什麼都沒披上，就這樣衝出門。凜冽如刀的冰冷空氣隨著急促呼吸進到肺部，完全無法思考，只是一味地奔跑著來到了校門前，此時學校看起來比印象中還要更加寧靜祥和，平靜到讓人不禁懷疑眞有必要如此飛奔而來嗎？直到此時我才感受到因急切奔跑暫時遺忘的冬風正呼嘯著，再次拿起手機確認妳傳給我的照片，抬起頭來視線望向頂樓。

由衷希望那一抹身影是我的錯覺。

嬌小身軀有著一頭短髮。

不知爲何，淚水順著一側臉頰滑落，但是現在沒有時間哭了，我緊咬著唇，奮力奔向本館，雖然雙腿發麻，仍盡全力爬上樓梯，因爲比起電梯，爬樓梯似乎更快，現在只能不顧一切隨著階梯往上跑。原本尙未浸濕的另一側臉頰，現在也早已濕透了。眼淚不停滑落，我沒想到要擦拭，也沒時間了，就任由淚水恣意流下吧。

踏上最後一個階梯，我奮力推開頂樓的門。

「妳眞的來了。」

妳看著我，哭著說。帶著笑容，無比燦爛的笑，一邊流著眼淚。然後，妳慢慢地消失在我的視線中。寒冬中悲淒的頂樓——

就這樣，妳離開了我。

慢慢環顧頂樓，腳步踉蹌搖搖晃晃走到頂樓的盡頭。一隻黃色的拖鞋在那，我緩慢蹲下拿起拖鞋，看了一下鞋跟，上面寫著妳的名字。拿著妳的拖鞋只是呆呆地望著空中。漆黑天空下，我只是默默不斷流著淚哭泣，沒有任何聲音、沒有任何表情。是因爲來到頂樓的末端嗎？頂樓下方景物想當然可以一目瞭然，妳把我喊來這裡，難道就是爲了這個嗎？

地面一片狼籍，血跡斑斑。像是假的一樣，有如來到電影場景，四周開始下起了白雪。我發出悲鳴般的尖叫，不自覺往後退了幾步，突然有什麼絆到了腳——是妳的筆記本。或許是因爲看到朋友的身軀呈現奇怪的扭曲，失去理智幾近瘋狂的我，在大雪紛飛下翻開妳的筆記本。

D-day

最後一頁上面寫的文字，就只有這樣。

然後——

D-365

我悲劇的開始。

刎頸之交

「喂——」

「秀雅嗎?發什麼神經,一大早就打電話來。」

「沒啊,提醒妳不要遲到。」

「幹麼這樣肉麻兮兮?」

聽到電話那一頭傳來噗哧的小小笑聲。

「妳才不要遲到咧。」

「好啦,待會兒見。」

今天是二年級新學期的第一天,好不容易結束地獄般的一年級終於升上二年級了。我與平時不同,帶著期待興奮的心情起了個大早。不知道是不是心情愉悅的影響,竟沒來由地打電話給允瑞,確認她是否起床了。之後,我悠哉地準備出門上學,磨磨蹭蹭地從床上爬起身,慢悠悠地洗頭吹頭、穿制服、準備書包。

此時,抬頭一看時鐘,指針已經來到八點五十分了,心想應該是自己眼花看錯了吧?但馬上就認清現實,立刻拔腿衝向玄關一邊穿鞋子一邊大喊:

「我出門囉!」

❄❄❄

「柳秀雅！我不是叫妳不要遲到嗎！」

遠處站在斑馬線前的允瑞大叫。

「啊，對不起啦，我本來眞的不想遲到的……」

「算了，別說了快跑吧，第一天就想被老師盯上嗎？」

允瑞等不及了，不等我走到，看綠燈一亮她就開始奔跑。此時從允瑞口袋掉出了一個東西，是那本像允瑞分身一樣形影不離的小相本，我一次也沒看過那裡面的照片。奔跑的允瑞隨即就發現相本掉落，轉過頭來立刻從我手中搶過相本。這樣的事常發生。

我和允瑞從小學一年級就認識了，我們當了八年的好朋友。本來是鄰居的我們，因為同班的關係自然而然走得很近而成了好朋友。不管對彼此的興趣、家人、習慣等等，全都無所不知，就連對方家裡有幾雙筷子都很清楚……我唯一不知道的就只有那本相冊，究竟裡面裝了什麼呢？小學畢業時開始注意到她總是隨身攜帶著相本，但是裡面到底放了什麼照片，完全沒人知道。

「不是跟妳說過這個絕對不可以碰嗎？」

允瑞從我手中把相冊搶了過去後，我陪笑著說。

「對不起嘛，我只是想幫妳撿起來……」

我尷尬地笑了笑，允瑞也馬上笑著挽起我的手臂說：

「快走吧，眞的要遲到了。」

沿著上學路奔跑，雖然呼吸急促，但在覺得疲累之前，應該可以穿過校門抵達運動場，幸虧學校很近。

當然，新學期第一天就遲到狂奔，免不了老師們一路上投以銳利的眼光掃射，但神奇的是我倆又分到同一班，只是大家看我們的眼神似乎不太友善。我尷尬地坐在指定位置上，但幸好有允瑞在，所以沒關係，我們有彼此可以依靠。在班導師類似自我介紹的一番話之後，第一節課差不多就結束了。久違的鐘聲聽起來有些許陌生感。

對一切新事物感到陌生卻又新奇的同時，坐在隔壁位置的女生主動向我搭話：

「嗨！妳以前是哪一班的？」

「喔？我是四班的。」

「啊，是不是校慶拿到第一名的那一班？」

「對。」

「妳叫秀雅嗎？我叫周泫！很高興認識妳。」

「嗯！我也是，妳的名字眞好聽。」

周泫主動和我打招呼後，開始有很多人親切地向我靠了過來。不知道爲什麼我有預感，這次一定會比去年過得更順利，第一次感受到的善意關懷，讓我幸福到有些不知所措。

就這樣又過了幾節課，下課時間也匆匆流逝，馬上是午餐時間了。

不知不覺間也來到放學時刻。

「今天學校生活如何啊？」

「比想像中更好。」

對我的問題，允瑞只是口氣冷淡地回答，我想大概是有什麼不開心的事吧，所以轉移了話題。

「允瑞，妳每天都會帶著這本筆記本和相本耶。」

「筆記本？這是今天發的啊。」

「每年不都會發一本給我們。」

「我去年好像也有拿到。」

二年級的開學日結束了，一整天心情都很興奮完全靜不下來。今天媽媽也比平時早下班，我跑去媽媽房裡想跟媽媽大聊特聊今天發生的事。一進房，剛卸完妝的媽媽一邊擦著乳液一邊對我說：

「今天第一天開學如何啊？有趣嗎？有沒有交到很多新朋友？」

「嗯！同學都很友善，幾乎沒有以前國小同學，眞是太棒了。」

「眞的嗎？一定很開心吧——允瑞呢？妳不是說這次還是跟她同班嗎？」

「允瑞啊……我們今天都過得不錯，雖然她說很新鮮、有趣，但奇怪的是，不知道爲什麼我們班同學都不跟允瑞說話。」

「眞可憐……那妳要多照顧她才行，允瑞比較內向嘛，而秀雅妳是太太太活潑外向了，這才是問題所在呀。」

「好啦，知道了。但像允瑞個性這麼好的人，會和其他人處不好嗎？」

「就算是這樣，但要是其他同學知道允瑞的傳聞，那就說不一定了，可能會疏遠她。還有發生其他好玩的事嗎？」

「嗯！」

我和早下班的媽媽又喋喋不休地分享了許多學校瑣事，到了睡覺時間回到房間後，習慣性地拿出日記來寫。

三月二日——

今天是國二的第一天，一切都是那麼新奇。沒想到會這麼快就上二年級了，雖然從去年開始一直都是讀這間學校，但奇怪的是，一切竟然如此嶄新不同，同學們都很友善，開始覺得學校有點好玩了，但是偶爾會覺得不安，擔心二年級也會像之前一樣變得糟糕又失敗，擔心會不會又被奇怪的謠言纏身？真讓人感到不安，沒關係，應該會沒事的。但我現在實在太幸福了，即使之後會失去這些，我現在也只想要好好享受這份幸福。

接下來每天早上，只要天一亮，就很期待去上學，我竟然會期待去上學……

好久沒有這種感覺了，從小學開始直至去年爲止*，每一天、每一天對我來說都與深淵地獄無異。多虧如此舒暢的好心情，有段日子我一早起床竟覺得神清氣爽，但遺憾的是我仍舊擺脫不了遲到。允瑞對我不抱一點希望，每天早上一如既往地不停催促我，就好像是我做了什麼對不起允瑞的事。

不管怎樣，我爲了追趕上允瑞，一大早就把力氣全都耗盡了。允瑞似乎每天都很早起，從沒見過她比我晚起，而且總是化好妝來學校，看起來很不錯，我也覺得她這樣很漂亮。對於總是睡過頭，急急忙忙準備才能逃過遲到命運的我來說，她實在太了不起了。然後，這一天我們也是費盡力氣好不容易跑到教室。

「秀雅，早安！」

「嗯，早安！」

李周泫，我隔壁座位的女孩，每次看到我都會親切地打招呼。這些每天早上歡迎我的小小問候，都讓我滿心感謝，尤其這樣的善意在幾個月以前是從未經歷過的，所以更讓我無比感恩，但是在我身旁的允瑞卻得看大家臉色，這件事情直到那時候我才知道。

或許其實在我內心是想要無視這一切也說不定。

幸好允瑞在一年級時考上廣播社，成爲廣播社成員，每天早上早自習和午餐時間都不見蹤影，所以每學期我都要找在那段時間可以一起玩的朋友。

因此我和李周泫、還有一個叫申佳延的同學三人總是在一起。雖然下課時間我努力想和允瑞一起玩，但是因爲其他同學異樣的眼光，我和允瑞只有上下學時間才會一起走。畢竟午餐時間很長，總是需要有可以塡補這麼長空檔時間的朋友，而且我也不可能老是一直待在圖書館裡啊。

儘管如此，我還是度過了相當幸福的日子。雖然覺得允瑞從最親密的朋友，變成了只是一起上下學的朋友，但我們仍是最了解彼此的，這點始終沒有改變，所以也不覺得疏遠，如果有換教室的課或有煩惱時，允瑞還是我的第一優先選擇。我想只是因爲現在還是上學期，我相信允瑞也會很快就和其他同學親近的。

然而出乎意料之外，預測只對了一半。雖然很多新朋友主動接近我，但是如果沒有我，允瑞總是獨自一人。由於沒法一直陪著她，而且我也覺得已經盡了本分，

＊韓國學制上學期為一月開學。

所以我傾向於忽視這狀況。允瑞雖然內向，但是只要跟她相處過，就會發現她是一位相當有趣且很棒的朋友，而且只要夠熟了，其實也沒有什麼內、外向的區別。看來其他人似乎還沒了解到這點，所以跟其他朋友一起玩時，我會刻意走去和允瑞搭話，但是每當這種時候，其他朋友都會彼此默默交換眼神，然後靜靜離開，我覺得大家似乎是刻意疏遠允瑞。

雖然打從新學期一開始就討厭某個人，聽起來很不合理，但是我自己也經歷過類似的事，所以很難對允瑞的事完全視而不見，同時也想相信其他朋友，便決定再觀察一陣子。然而即使彼此尷尬期過了，這情況仍持續到春暖花開的四月也沒有絲毫改變，這時我才發覺大家不喜歡允瑞，不單單只是因爲個性，而是大家眞的都已經知道允瑞的事了。我對此深深地感到不安。

但是我完全無法明白爲什麼允瑞明明什麼都沒做卻要被大家討厭，即使想破頭了還是無法理解。我不知道我自己算不算是善良的人，但至少允瑞肯定是，我實在無法繼續袖手旁觀，置之不理了。

而且最重要的是，她是我最好的朋友。

在反覆的懷疑與驚訝之後，終於趁某次體育課的時間，我對其他朋友開口了。

「欸，妳們爲什麼討厭允瑞？」

「黃允瑞？」

瞬間，空氣的流動似乎掀起了波瀾，而且因爲我的一句話，大家你看我、我看你，彼此交換著奇怪的眼神。

「爲什麼突然問這個？我們又沒有對她怎樣……？」

佳延把手插入口袋說。

「喔……只是每次我和允瑞講話的時候，都覺得你們會故意避開我。」

「雖然我們跟妳很熟，但和黃允瑞不怎麼熟嘛，而且怕我們會打擾妳們倆的單獨談話，所以才閃一邊啊。」

「是這樣嗎？謝謝，很抱歉誤會妳們了。」

「沒有啦，的確有可能產生誤會啦，要是我也會。」

周泫緊接佳延的話跟著補充。

但是我看到了，在滿滿笑容堆砌的堅硬表面下，周泫一抹鬆動的笑容。

我很快就決定暫時把懷疑拋諸腦後，沒必要在新學期一開始就和好朋友吵架，我不想跟對方弄得不愉快。

就這樣又過了幾週，我和允瑞漸漸疏遠，不僅是早自習和午餐時間，就連唯一能和允瑞一起玩的下課時間，也完全被申佳延和李周泫拉著跑。這情況令我不太開心，而廣播社也越來越忙，允瑞甚至必須得比我早三十分鐘到校。原本就經常遲到的我，根本無法配合她提早出門，所以我跟允瑞就變成只能一起放學回家的朋友。

感覺一點也不符合所謂從小要好的「總角之交」了。我滿腦子想著「就算現在有點晚了，還是要亡羊補牢才行」，就連和其他朋友在一起也沒辦法好好放心玩。

「不能讓允瑞也加入一起玩嗎？反正我們三個人是單數啊。」

某天我對李周泫開口了，本來就因爲申佳延和李周泫兩人看來更親近，而讓我稍稍感到孤立。但如果我只跟允瑞玩，又會讓我產生自己在團體中被排擠的感覺。

聽了我的話後，李周泫開始有些不知所措。如果眞的沒有討厭允瑞的話，應該不會有那樣的反應……不管怎麼想還是很奇怪。申佳延似乎對我和李周泫單獨在一起的樣子不太舒服，所以走過來跟我們說話。

「妳們兩個在聊什麼？」

申佳延來了，李周泫這才露出笑容安心地開口說：

「秀雅說想讓允瑞也跟我們一起玩，四個人一起。」

申佳延一聽，表情立刻變得僵硬，勉強擠出笑容，「哈」一聲後才開口說話。

「可是黃允瑞讓我們有點不自在。」

李周泫開始察言觀色，而我到現在才大致讀懂這種氣氛的含義。

「爲什麼會不自在？」

「就覺得她有點陰森啊，對吧？她不是很有名嗎？」一邊說，一邊用手肘推推周泫打暗號，李周泫也隨即「嗯嗯，是啊、是啊」地應聲附和。本來我想當場對她們發火，但是我既沒有罵她們，也沒有附和，只是移開視線低頭思考。申佳延勾著李周泫的手臂，像是嘲笑般地看著這樣的我。

看到這樣的申佳延，讓我眞是爲自己視人不清而後悔不已。

❄　❄　❄

那天之後我開始疏離申佳延，可想而知其他人緣很好的同學也和申佳延一樣開始討厭我了。反正這樣被挑撥離間也不是一次、兩次，我早就習慣了。雖然他們在背後說壞話，偶爾會讓我感到不舒服，但我決定不要放在心上。允瑞變得和之前一樣開朗了，我對自己無法立即反駁她們說的話，而向允瑞道歉。允瑞笑著說，這也是可以理解的事，便欣然接受我的道歉。我想這樣也就夠了。

幾天後，李周泫來跟我們道歉。其實也有聽說李周泫因爲申佳延而被她們的小團體排擠，可是就這麼一轉身馬上跑來道歉，難免讓人感到很訝異。周泫說她很抱歉破壞我和好友的關係，還無意間讓允瑞也捲入排擠事件。她是眞心誠意道了歉。即使曾經發生過不愉快，我願意相信周泫本質是善良的，所以接受了她的道歉，允瑞也拍拍周泫，反過來安慰說她夾在中間心裡肯定很難受。看吧，到底誰會討厭這樣心地善良的允瑞，眞的讓人很無語。

不知道是不是允瑞的舉動實在太出乎意料，周泫傳簡訊給我，說自己完全誤會允瑞，實在很羞愧。之後我和允瑞變得比以前更要好，並且也開始和周泫玩在一起。

周泫有時候會哭訴，說申佳延那群人每次從自己身邊經過都會瞪眼看她，但我和允瑞總是安慰她說「他們能做的也只有那樣而已」，聽了這話之後，周泫很快就破涕爲笑。那笑容眞美。

我回到家順手將書包往地上一扔，來到溫馨舒適的房間，一身外出服也沒換掉，直接放鬆身體「砰」地倒臥在溫暖的床上，用被子包裹全身。如果有人看到的話，說不定會嫌我很髒，但是我不過就只是想要稍微休息一下，真的，只是一下下，就這樣，真的只有一下下……眼睛緩緩閉上。

再睜開眼已經是半夜了，空氣中伴隨著空虛青草味的半夜，什麼都看不到，而我身上還穿著制服。冷汗浸濕了我的背，喉嚨乾渴，起身走到廚房想喝杯冰水，本來想再回房間，但是沒來由地忽然想要去外面散步。

悄悄地將主臥室房門打開條隙縫，確認媽媽已經睡了後，我在制服外披上了件薄外套，稍微簡單洗了一下臉就出去了。沒錯，就是這清新的空氣，要不是涼爽的半夜，何時才能好好感受呢？

穿著拖鞋放空思緒地走著，牢牢掛在耳朵上的無線耳機裡，輕洩出的旋律是適合漫漫長夜的感性歌單，從熟悉的街區走到初見的陌生街道，才拿出手機打開地圖App找回家的路，就這樣一直走著，繼續不斷地走著。

在忙碌的日常生活中，退後一步重新檢視自己，彷彿又再度回到一年級時，或是又再次變成小學生，陷入那個深淵泥沼之中，那個不願再回去，連名字也不想再度提起的師林國小。如果重新回到那裡、那個時期，我無法保證自己是否還有辦法再次撐過去。現在除了不要再回到過去，此外，我什麼也不想思考，只是不斷、不斷繼續走著。

一回到家中彷彿昏迷般倒頭就睡，哪怕原本嚴重的失眠，累到這種程度應該也可以痊癒了吧。然後又如往常般洗頭、穿上校服面對盛夏的學校。不知不覺已經到了七月，最近媽媽上班時間延後，每天早上有空載我上學。早晨的時光對我而言變得如此寧靜平和，短短的路程，短暫的時光，和媽媽話題不間斷——昨天在學校過得怎麼樣？為什麼連制服都沒脫就睡著？沒吃晚餐就睡覺會不會肚子餓？雖然大多是媽媽單方面連續的問題轟炸，但是有人對我所有的事情如此好奇關心，其實是一件相當幸福的事。

「好好上課喔，下課後打電話給我！」

「吼，拜託喔，我又不是小孩了，別擔心，今天工作順利喔。」

允瑞和周泫大吵了一架，到校前的我對這件事全然不知。走進班上雖然覺得氣氛有些奇怪，但是直到下課時間，周泫才告訴我。其實事情的開端一如往常，是我和允瑞的小爭執，周泫為了勸架而插手，結果允瑞不小心說錯話，無意間，我們三人的關係在一夜之間全都變調了。

當三個人在一起時簡直就是冷戰現場。即使升上二年級允瑞還是要繼續負責早晨廣播，所以早上是看不見允瑞的，但我還是很苦惱，不知該怎麼和周泫相處才好。雖然周泫是因爲允瑞說的話而不開心，但如果眞要說，一切爭執起源的元凶是我，我也無話可說，而我因爲擔心周泫內心其實是埋怨我，便也不敢主動跟她說話。我想周泫的想法大概也跟我一樣吧。

於是，我們三個人都陷入自己先開口會很奇怪又彆扭的僵局之中，但是內心又矛盾地期盼有誰可以率先開口打破眼前困境。

事實上，如果只有她們兩人在一起沒找我的話，我也會擔心自己是不是被排擠在小圈圈之外，但是幾次待在班上，發現她倆也沒有任何交談，只是各自在自己位置上寫作業或讀書，在感到安心的同時我也有股擔憂湧了上來——要是三人繼續冷戰下去，好害怕眞的會就這樣失去兩位朋友。我非常非常不安，於是，我從鉛筆盒裡拿出美工刀。

「柳秀雅妳要幹麼？」

是黃允瑞的聲音，那極度熟悉……熟悉到不能再熟悉的聲音，讓我的淚水再也無法抑制地流下。

「妳……不是說過不要再這樣了嗎？」

「同學們在看。」

此時黃允瑞似乎才發現身邊其他同學都在偷瞄我，於是她緊抓著我受傷的手腕，把我拉到廁所。

「好痛。」

「閉嘴。」

允瑞把我的手強拉到洗手台沖洗。

雖然流水無法洗去傷痛，但或許允瑞爲我傷口流下的淚水，替我洗去了傷痛。

「幹麼管我。」

「妳能讓人放著妳不管嗎？」

允瑞邊說邊關掉水龍頭，還推了我的肩膀一下。

「妳是不是想讓我內疚才故意這樣？別說什麼奇怪的話！是我無端生事纏著要妳只和我在一起，所以才會這樣，是我無緣無故突然舊事重提才會這樣，妳和李周泫並沒有錯！」

是啊，允瑞總是像這樣替我著想，即使她的過去比我還苦，卻一直努力讓我少受些苦，正因爲她太了解我，所以才危險。

「妳才不要什麼都怪自己，妳這樣做又能得到什麼！」

我大吼著說。

允瑞眼神劇烈動搖，隨之淚水潰堤簌簌流下。她說：

「不是得到妳了嗎？」

「我算什麼？就算有我也沒什麼用！」

「媽的，妳一定要這樣說話嗎？」

「夠了，別講髒話，妳以爲這樣我就會跟妳說話嗎？」

允瑞撥了撥頭髮，深深嘆了口氣，然後把一隻手插入口袋，只是允瑞的眼淚絲毫沒有停歇的跡象，抹去眼淚後，允瑞開口了。

「對不起，我太激動了。」

如果當時有人在廁所隔間裡偷聽這番對話，我們實在會很丟臉。

「算了，妳想跟我和好吧？」

「嗯……」

「唉……那就拜託妳直接說出來，幹麼把事情想得那麼複雜。」

我們從國小開始就經常因爲個性不合發生爭吵，每次吵架都是允瑞先低頭，主動先開口。只是有時我因爲被刺中痛點而暴跳如雷，所以很多時候兩人反倒一開口又是吵得更凶。

「要怎麼對周泫說？」

「……我自己想辦法跟她說。柳秀雅妳不要再這樣了。」

「好，謝謝妳先開口跟我說話。」

「我可不會謝謝妳傷害自己，以後別再做這種事了。」

「知道了啦。」

雖然還是有點拌嘴和冷淡，但我們和好的方式很合拍，所以大概明天開始又會像什麼事都沒發生一樣相處，畢竟彼此都是珍貴的存在，所以才可能這樣。

刎頸之交：

可以同生共死，非常珍貴的朋友。

會者定離

「九月我要轉學了。」

周泫突如其來的宣告，讓正在吃午餐的我和允瑞驚訝到給飯噎著了。

「對不起，現在才告訴妳們。就算我轉走了，妳們也不能忘了我喔。」

「才不會咧……這是當然的啊，但是怎麼這麼突然？」

「嗯，我姊姊幾個禮拜前離家出走，所以媽媽決定要搬到大峙洞＊。我姊姊本來是念私立貴族高中的。」

我又嗆到再度用力地咳了咳，允瑞沒有咳嗽，只是用世上最充滿著惻隱之心的表情看著周泫。

「幹麼這樣看著我啦？」

周泫語畢，允瑞就著急地說：

「啊啊，讓妳覺得不舒服的話很抱歉，只是我覺得妳本來功課就很不錯。」

「可能是打算要讓我也考貴族高中吧，沒辦法。」

「現在已經八月中了耶，妳會不會太晚才說？讓人有點傷心……」

可能是想讓周泫心情輕鬆點，允瑞以開玩笑的口氣試圖緩和一下氣氛。

「在我搬家前，我們要不要開個睡衣派對？我們相處的時間眞是太短了，妳們倆已經認識很久……但我想多了解妳們一點再走！」

「妳這樣說，好像要去尋短一樣。好，在妳搬家前我們就來開睡衣派對吧。允瑞和外婆一起住應該不太方便，在我們家辦，怎麼樣？」

「好啊，就這麼辦。比起我們家，秀雅家要來得自在多了。」

「太棒了！這週五妳們都沒有其他的約吧？」

「可是週四不是這學期的結業式嗎？」

「時間有點剛剛好耶。」

我們簡單的口頭約定，很快就在現實生活中兌現。

「阿姨去上班囉，妳們在家玩得開心喔！」

媽媽出門上班後，周泫和允瑞開始參觀我們家。

「眞的好久沒來妳們家了。」允瑞說。

＊大峙洞位於首爾江南區，除了房價高昂外，更有「韓國第一私教育區」之稱，只要到了晚上十點，就會出現湧入該區接小孩補習班下課的豪華名車。

「對啊，我家裝潢有點改變了。」

「哇塞……原來秀雅妳家境滿不錯耶，妳媽媽是自己做生意，對嗎？」

「對啊。」

允瑞笑了，雖然只是一個笑容，但那笑容中帶著一抹苦澀。

白天時光我們三人天南地北聊個沒完，直到太陽快要下山，我們才拖拖拉拉換上睡衣，圍坐在床上，開始說起自己的故事。

「天都還沒黑，現在就換睡衣嗎？」

聽到我的問題，周泫理直氣壯地回答：

「這樣穿才有睡衣派對的氣氛嘛。」

「這樣說也沒錯啦。」

講恐怖故事好像太老套了，正苦惱要做什麼時，忽然想到周泫曾說過想更了解我們。

「要不然我和允瑞先說我們的事？我們說完後，妳也分享妳的事。」

「好啊！我想聽。」

為了要製造氣氛，我們把燈都關掉。

「要點蠟燭還是小夜燈？」

我一問完，允瑞馬上口氣冷淡又有點不悅地說：

「在密閉空間裡點蠟燭點太久的話，可是會死人的，開小夜燈。」

「ＯＫ。」

我打開小小月亮造型的小夜燈，再次回到床上。

「從我開始嗎？」

「好啊，那就從秀雅開始。」

「關於我啊……」

「小學四年級的時候，冒出了奇怪的傳言。我和允瑞一年級就認識了，所以沒什麼關係，但是多少難免還是會在意……」

「欸，她眞的跟成年人交往嗎？」

「喂，柳秀雅，妳眞的跟成年人交往啊？」

「好髒喔。」

這些傳聞就連我聽了都覺得噁心，就只因爲有人說看到我和一個看起來是成年人的人牽著手並肩走在一起。如果要說對方是爸爸的話，看起來又太年輕，而且還是一起從汽車旅館裡走出來。

不管怎麼解釋那人是我表哥，而且只是經過旅館附近的街道，卻根本沒有任何人願意聽。照顧一個年幼表妹的表哥到底是犯了什麼罪？眞叫人百口莫辯。

「喂，秀雅說沒有這種事！她說那是她表哥耶？」

「怎麼可能會是眞的？」

「允瑞，妳不是和柳秀雅從小就很熟！那個眞的是她表哥嗎？」

那時的允瑞什麼都沒有回答。會提這個，並不是現在才來埋怨，而是因爲我知道她有苦衷，所以即便在當時我也沒有埋怨她。在那之後，傳言在人們口中幾乎變成了事實，就只有允瑞還相信我。雖然我也跟其他算是信任我的人談過……但對方只是說傳聞會慢慢平息，要我多忍耐，就只有這樣而已。聽了這些話，一直強逼自己忍耐的我也漸漸心灰意冷。然而，傳聞別說要平息了，隨著年級增加，還更甚囂塵上，越傳越誇張，導致我的狀態更加惡化。而且在這段日子，家人間也出現各種不同的瑣碎爭執，讓我的憂鬱、失眠等狀況加劇，精神飽受煎熬。萬一喝了茶，不從晚餐時候就躺著，根本無法入睡。傳聞一直到國中一年級還在傳，現在才好不容易平息下來。我挺滿意目前的狀況，雖然還是有些害怕。」

「幸好……現在好多了嗎？」

「嗯，好多了？真的是幸好啊。」

「原來是這樣的故事……那允瑞呢？」周泫轉頭問。

「我沒什麼特別的，只是小時候我父母相伴自殺去世了。」

陷入一陣沉默。

「哈哈……我們說說別的好了？我來分享我的事吧！」

爲了舒緩瞬間降溫的氣氛，周泫趕緊轉移話題。我和允瑞只是點點頭，周泫這才安心地接著講述關於她的故事。

「我之前應該有在午餐時說過，不久前我姊姊離家出走的事吧？我姊明年就成年了……」

「天啊，她在快成年前竟然離家出走嗎……？」

「嗯，原本她是讀私立貴族高中，學校放學後還要上課，所以通常晚上十點左右會回家，但是那天沒有回來，所以就去警察局報案失蹤。」

「那現在回來了嗎？她有說爲什麼離家出走嗎？」

「嗯，她說因爲壓力太大了。」

「還不都是教育的問題。」

「教育的確是問題，姊姊現在有如行屍走肉，似乎已經放棄人生了，所以父母變成只能把期待全都壓在我身上。」

難怪最近在讀書室裡總是能見到周泫的身影，原來不單純只是因爲快放假，要多念點書而已。

「姊姊不是才離家出走沒多久嗎？怎麼現在就開始……妳還好嗎？」

「我眞的沒事啦，因爲爸媽比我還要更傷心。」

「可是妳和妳姊姊不是關係很不錯嗎？」

「沒有，那已經是過去的事了。自從姊姊上了貴族高中之後，平常要見一面都很難了。所以現在這樣也算是好事吧。」

雖然嘴裡這樣說，但是我看到眼淚從周泫臉上滑落。這番話一點可信度都沒有。

「一定很不好受，對吧？」

我說。聽了周泫的故事後，我開口的第一句話，連我自己都覺得很像是潑人冷水。

因爲各有各的理由，各有各的家庭背景，我們都在各自的痛苦中煎熬。人們口中所謂「青春年少」的我們，不懂得妥協，就一味執拗著，也只能在痛苦中逐漸腐爛。

「嗯，好像眞的不太好。」

爲了留下美好回憶的睡衣派對，伴隨著允瑞幾滴眼淚，以及周泫和我止不住的淚水，像波濤一樣，再三起伏之後回歸平靜。但是比起有趣的睡衣派對，我們留下了更有意義的寶貴回憶。或許對我們而言，這是難忘的人生波浪。正如所有的相遇都會離別一樣，所有的困難都會有相對應的鑰匙，希望我們在面對離別時都可以帶著成熟的態度，這不過是必然的過程，但是離別並不代表結束。就算周泫轉學了，也絕對不會忘了我們，我和允瑞也是，就算周泫轉學了，我們也絕不會忘記她。如果還存活在彼此心中沒有死去的話，這樣的離別，我決定不稱之爲離別，即使留下了悲傷苦澀的回憶，但只要活著就行了，嗯，這麼想就行了。那天，我們哭累了，就一起睡著，那盞小夜燈就一直點亮直到天明。

要是點蠟燭的話，還眞的可能發生危險呢。周泫一邊開門出去，一邊說可能一開學就會轉走，很希望以這段回憶爲起點能累積更多回憶。雖然三人共同相處的時間很短，但卻無比珍貴。

「不知道的人看到還以爲我們永遠都見不到面了呢。」

允瑞一說，我也點點頭笑了。

「就是說啊，反正我們一定還會再見的嘛。」

「可是現在柳秀雅要去讀書室的話，還有誰可以陪她啊——」

「又再挖苦我了。」

「這哪是挖苦啊，這是事實，好嗎？」

「好，我辯不過妳啦。」

周泫離開後，允瑞留下來陪我整理垃圾。一起收拾的時候，允瑞說：

「提到過去的事妳沒關係嗎？不是還很難過？」

「妳也認識我身邊的那些同學。他們都是很不錯的人，沒關係的。」

「就算是這樣，但妳以前眞的很討厭提起這件事。」

「我想現在應該沒關係了。」

「那就太好了。」

「那妳呢？妳明明就很不喜歡提到關於妳父母的話題。」

「因爲對象是周浤，所以沒關係。」

「唉呦，發什麼神經啦。」

「柳秀雅，妳現在是在罵我嗎？」

「在周浤面前要裝模作樣，在妳面前總可以隨便一點吧？」

「妳這死孩子！」

也許我們的人生多少都摻雜了點憂鬱的故事，但這世上有誰是完全沒有苦衷的呢？即使一出生就很富裕，一輩子都備受疼愛的人，也有屬於自己不爲人知的痛苦吧。不管是允瑞，還是我，都是如此，其實我內心暗自希望所有人皆是如此。

不知怎的，允瑞回去之後，家裡看起來比平時更加空蕩。三人一起躺的床，似乎還殘留著餘溫。我倒臥床上感受溫暖，內心卻只是空虛，殘餘的熱度好像自己悄悄溜走了。那一天，我試著在僅存的溫暖中，盡可能留住最多的暖意。我也看不出這舉動跟什麼哲學有關，只覺得自己有點古怪。

我把冷氣打開了。雖然夏天已到尾聲，但還是有點熱。我從冰箱裡拿出冰水，大口咕嚕咕嚕地喝，隨後躺在客廳地板上。好，就這樣，只要這樣就好，只要像現在一樣幸福就好了。當時好像是這樣想著，因爲那個時候的我還不知道這種自以爲是的妄想能維持多久。

第二天我沒有去學校，因爲已經放假了。短短的暑假、短短的相遇、短短的旅程。學校爲了之後要在寒假施工，大幅縮短了暑假，雖然我覺得很不公平，但反正也沒打算旅行，我就沒怎麼放在心上了。李周泫眞的轉學了，我們也持續保持聯絡，某天她說她剪短了頭髮，還把留長的長髮捐贈出去了，她說自己滿引以爲榮的。我想眞是太好了。

我在白日與黑夜逐漸交替的光影下躺著，等待媽媽下班。啊，對了，今天是爸爸會回家的日子。輾轉反側仰望著的白雲那一端流洩出夕陽紅霞，這似乎就是我想要的日子。那麼現在的我算是幸福的嗎？我看著我鍾愛的天空想，是呀，這難道不是幸福嗎？不對，或許跟現在這片美景無關，我的人生是不是只會越來越不幸呢？等等媽媽回來我要問問她，或許媽媽會知道，十五歲的我是這樣想的。

「我回來了。」

媽媽的一句話讓我的心像是飛上天一般快樂，趕緊打開房門奔向玄關，媽媽笑著緊緊抱著我，比起曖昧不明的溫度，我似乎更懷念這個。

「趕快去梳洗，我有好多話想說……」

媽媽接納我所有的孩子氣，我想這應該是我最像國中生的時候吧。

「那爸爸呢？」我問。

「爸爸當然也回來啦！」爸爸說。

「哎呀，這次隔了有一個月吧？」

爸爸只要一出門工作，短則兩週，長則一個月才會回家。他們說因爲工作地點離家很遠，沒辦法每天上下班。也可能正是因爲這樣，我每次見到爸爸都會覺得特別高興。

「女兒啊，難道妳不想爸爸嗎？」

「想啊！趕快進來吧。」

不覺得這個家很和睦嗎？任誰來看，應該都會覺得這就是理想家庭的面貌了吧。我也很喜歡像我們這樣的一個家，很高興有總是愛著我的父母。

「和朋友們玩得開心嗎？」

「嗯！大家都要去補習，所以早上就都走了。」

「好久沒叫朋友來家裡玩了，一定會很有趣吧。」

我點點頭後，又再度回到房間。

回到房間後，望著夕陽漸漸西下。其實我非常喜歡靜靜看著天空，這是在沒有任何地方可以依賴，最痛苦無助時養成的興趣。把每天變化萬千的天空，裝進今日的我的眼中，不管今天天空變化得美或不美，都無損我對天空的愛，我都能愛著它的本質。

這也是我生活的原動力。但是今天有點不同，看著漸漸西下的美麗夕陽，我眼眶裡噙著淚水，明明是美麗的天空，在今天的眼裡卻不那麼美麗。對著這樣的自己，我在心中默默告解，「很抱歉今天我沒辦法喜歡你」，接著便無情地拉上窗簾。那是一片裝入眼裡會感到刺痛的美麗景緻。

失去太陽的房間顯得漆黑，但我不想打開燈，只有想單純讓自己陷入更深憂鬱的舉動，就連想要一點點幸福的念頭與動力都沒有。

因爲所謂幸福一詞，對我來說只有沉重。因爲只要感受到幸福，考驗就會像標籤一樣如影隨形緊貼在後，所以我討厭這世界。

會者定離：
所有相聚終有離別。

同床異夢

「秀雅啊，早安！」

「早啊，好久不見。」

朋友的好意依舊還在，現在允瑞也像水一樣自然地融入其中，大家也很歡迎這樣的允瑞。

「秀雅啊，這段時間怎麼都沒來學校？」

「就發生了一些令人沮喪的事情。」

「老師讓妳請假嗎？」

「已經有說身體不舒服，應該會以病假處理。」

「現在看起來很不錯，眞是太好了，對吧，靜亞？」

「是啊……眞是太好了。」

上了二年級後，和李靜亞、劉善俞變熟了。自從周泫搬家轉學走後，她們主動來找我，說想跟我更熟一些。本來以爲大家都已經有屬於自己的小團體，但或許兩人組成的小團體不太一樣吧。我和劉善俞特別好，但如果要說她有什麼特別，就是她每天都會隨身攜帶一本筆記本。靜亞和善俞從小就很要好，但與我和允瑞不同的是，她倆個性很類似，有時候很不會看臉色這一點可說是一模一樣。

午餐時間我一向待在班上。那天午餐時間我也靜靜坐在自己的位子，靜靜看著喧鬧的同學們讓我覺得有些無聊，便和允瑞聊聊天，又寫寫作業，以往老是跑讀書室的日常早已消失許久。

「善俞每天都在筆記本裡寫什麼啊？」

「這個嗎？這是國一時班導師發的，妳不記得了嗎？」

我歪著頭想了想，善俞很快就把筆記本蓋上，並指著允瑞的書桌。

「看，允瑞也有一本一樣的，這是日記型筆記本，很多同學都在用啊。」

「喔，眞的啊？」

仔細一看，靜亞的也是一樣款式的黃色筆記本，看來我眞的對周遭的一切很漠不關心。

「那秀雅會寫這本筆記嗎？」

「我那本大概塞在家裡的哪個角落吧……」

「只有允瑞和善俞很認眞在寫，我也不太寫。」

原來靜亞也不太寫日記啊，所以不是我對其他人漠不關心，而是這本來就不是什麼值得注意的事吧。

雖然對周泫感到有些抱歉，但的確，四個人比三個人要來得有安全感許多。就算只有兩個人在說話也不會覺得自己被疏遠，因爲還有另一個人可以聊天。

「允瑞發生什麼事了嗎？」

靜亞突然這樣問，仔細一看，允瑞的表情看起來好像不太高興。

「嗯？啊，沒有啦，只是想到一些不開心的事而已。」說完就趕緊蓋上筆記本。不管對善俞還是允瑞來說，那本筆記本可能不只是單純的筆記本而已，或許是乘載了更具份量的存在。

「怎麼了？有什麼不開心的事嗎？」

「沒有啦，沒事。」看到允瑞尷尬地擠出笑容，善俞似乎覺得自己善意的關切碰了一鼻子灰，頓時表情顯得僵硬，但爲了不要表現出來，馬上又笑著說：「幹麼這樣，說說看嘛，搞不好我能幫上忙啊？」一邊說一邊握住允瑞的手。但這樣的情況也很難繼續下去，想當然爾，允瑞把手抽開，搖搖手反覆說沒關係、沒關係。允瑞彷彿任由自己的情緒蒙蔽雙眼，忽略了善俞臉上再度爬滿了尷尬。

❄❄❄

一回到家，我就開始翻找筆記本，大概是莫名想要尋求一份歸屬感吧，因爲似乎除了我以外大家都在用。終於在書桌底下積滿灰塵的箱子中，發現了那本全新的黃色筆記本，我一把撕掉外包裝的塑膠套。

如善俞所說，裡面的紙張是日記型的樣式，「我的心情」「我的一天」「今日天氣」等字樣，塞滿了整張頁面。

我本來就喜歡寫日記，今天的日記就用這個筆記本來寫吧。

十一月二日——

今天決定把日記寫在特別的地方，不是平時用的日記本，雖然感覺有些陌生，但是格子比較小，感覺負擔也比較小。最近的情緒彷彿墜落谷底一樣，每當這種時候，就覺得自己似乎是世界上最憂鬱的人。真是的，我的人生到底是誰設計的，怎麼會落到這種地步？如果真有神的話，恨不得可以揪住祂的領子，發洩我的埋怨，我想問問神，為什麼會讓我如此軟弱又過於感性。

在筆記本上寫日記感覺好怪，雖然只是一篇普通的日記，但似乎並非如此，也許正是因此，筆記上開始出現我的淚水痕跡，一滴、兩滴，淚水被紙張吸收，筆跡的墨水暈染開來。

——叮鈴——

手機簡訊聲響起，跟允瑞、靜亞、善俞四人組成的聊天室收到訊息。

——考完期末考的話，我們要不要來開個睡衣派對？

看到靜亞傳來的簡訊，心情馬上好了起來。小學時期就別提了，我參加過的睡衣派對，就只有周泫搬家前，和允瑞三人一起辦的那次。

——好啊，那其他人呢？

我的簡訊一傳出去，馬上就有一個已讀，是靜亞。

——其他人好像還沒看到簡訊，明天去學校後我再問問。

我回覆個表情符號，就把手機放回書桌上了。仔細一想，已經離期末考沒剩多少時間了，不到一個月吧。雖然我不是那種很在意課業的學生，但是允瑞因爲家境的關係，之後的大學學費會是很大的負擔，所以她瞄準獎學金，非常認眞念書；善俞的目標是「In首爾」＊；靜亞則是因爲很會跳舞想要去念藝術高中。就只有我不上不下的，讀書也沒有很認眞，雖然報名了補習班，卻因爲精神壓力太大，不得不放棄，也因此我對自己越來越心寒，但我也不是完全沒有擅長的事，所以也算是滿足，至少媽媽和允瑞總是這麼對我說。

太陽下山了，關了燈後，我打開書桌上的小夜燈，然後朝著窗外看去，位於高樓層的我們家望出去，風景相當美麗。我決定我要幸福，因爲若以窗戶爲畫框，我每天都能免費看到由天空展示的不同畫作。

❄ ❄ ❄

「秀雅早安啊！」

「妳確定有早『安』嗎？怎麼一大早就在念書啊。」

「馬上就要考試了，還能怎麼辦呢？」

「也是啦……允瑞呢？」

＊指的是首爾市內的大學，可以視為排名前面的頂尖大學。

「說有冬季安全宣導什麼的，一大早就去廣播社了。」

「廣播社的人都沒辦法好好念書了，這可怎麼辦才好。」

「以黃允瑞的拚勁會不念書嗎？就算要看學長姊的臉色，她也肯定會念的。」

「她的確是這種個性沒錯。」

早上來時，氣氛的確和平時截然不同。現在是升上三年級前的最後一次考試，本以爲氣氛應該會放鬆一點，但大家還是顯得相當緊張。

我也來到座位上，從書包裡拿出一本講義來複習。果然腦子在早上根本沒辦法好好運轉，眞不知道大家怎麼有辦法一大早就這麼用功。聽說有些人在家裡沒法集中精神，因此一大清早就跑來學校念書的也大有人在。

「都坐到自己座位上！」

早自習時間班導師一進來就拋出這句開場白，沒人膽敢反抗。班導看了一眼，滿意地說：

「馬上就要期末考了，大家都很緊張吧？」

因爲班導的一句話，學生們繼續堅定地解著自己的練習題，好像只有我和少數幾個人在聽班導說的話。

「大家不要太緊張，只要發揮平常實力就可以了，大家平常都很棒啊。好，現在準備上第一節課吧！」

即使下了課，班導已經走出教室，空氣中仍然瀰漫著緊張氣氛，雖然我很討厭這種感覺，卻別無選擇，必須參與其中。沒辦法，誰叫我也是這個學校的學生呢。

早自習結束的同時，允瑞走進教室。我們班向廣播室要求不要播放早晨廣播，成了全校唯一聽不到早晨廣播的班級。尤其我們班是名列前茅的學生和模範生較多的班級，提出不想被那種廣播妨礙念書的說法，廣播社也只能接受。

「我也想聽聽允瑞的廣播耶。」

今天狀態也很好的善俞像撒嬌一樣對允瑞說。聽到善俞的話，靜亞笑著說：

「要是眞的放了廣播，肯定也沒在聽。」

「哪有？允瑞，妳知道我最愛妳的吧？」

「嗯嗯，好啦，我知道。」

我看著三個人，只是在一旁淡淡地笑著。

「第一節課是什麼？」

「啊，第一節課要去運動場……」

「外面好冷耶……眞不想去。我們要不要全都說身體不舒服來蹺課？」

「又要小聰明了，劉善俞，快走吧，去換衣服。」

「好啦，好啦。」

「秀雅。」

「嗯？」

允瑞來到身旁時，突然叫住我。

「可以跟我一起去一下廁所嗎？」

「廁所？好。」

直到允瑞跟老師報告要去廁所那時，我都以爲她單純只是因爲生理期，或是不想自己獨自去廁所而已。

「怎麼了？」

但是出乎意料的是，允瑞一到廁所，只是稍微猶豫了一下，便看著鏡子簌簌流下了眼淚。小學以後這還是我第一次看到允瑞的眼淚，頓時之間我也手足無措不知該如何是好，只能睜大眼睛，一直盯著她看。過好一陣子允瑞才艱難地開了口。

「秀雅，我……眞的好累啊。」

看到允瑞泣不成聲，全身有些顫顫發抖，我卻無法給予她任何安慰，因爲我深知此時輕率的給出安慰只會使傷口化膿，所以我僅僅是握著手看向她。

「發生什麼事了？」

此時，允瑞立刻流下更多的淚水，並且像個孩子開始放聲大哭，哭了一波又一波，好不容易稍微平靜一些後，她才接著開口說下去。

「媽媽……我……好想我爸我媽。」

我從未失去過媽媽，也沒有失去過爸爸，所以無法體會允瑞的傷痛到底有多深。我放下原本握著允瑞的手，輕輕拍著她的背，雖然不知道允瑞爲什麼突然會這樣，但我知道她一直以來強忍著所有的情緒，到現在才爆發吧。

聽了允瑞的事之後，只會讓人覺得更加哀淒。聽她說小學期間每當要介紹父母工作，自己卻一句話都說不出來時，實在覺得很痛苦。上國中後，有同學問她自己名字的意思時，她也只好自己拼湊漢字。這所有的瞬間都讓她覺得很痛苦。

「允瑞啊，我沒經歷過這些事，沒法像自己親身經歷過一樣，告訴妳我能感同身受……但是我想也許我能分擔妳的一些悲傷。」

聽了我說的話後，允瑞像是苦惱了一下，隨即點點頭。

「現在不是只有我和周泫知道妳父母的事情嗎？所以跟我或周泫說都可以，所以……所以，我想說的是，如果覺得很累的話，只要相信我們、依靠我們就好。我們不是都在妳身邊嗎？至於善俞或靜亞，妳願意相信的話也可以唷，只是這種事越多人知道，我想妳可能會更難過，是吧？」

允瑞點點頭後走過來抱住我，接著在我懷裡輕輕說了聲謝謝。

「好像來不及上體育課了……如果班導罵的話，妳就說全都是黃允瑞害的。」

「好啦，妳這瘋婆子……幹麼破壞我的感動啦。」

「喔？讓妳感動嗎？歹勢，我不知道。」

「反正就這樣啦。」

允瑞微笑著擦乾淚水，我也撕了幾張衛生紙遞過去，允瑞的憂鬱就變成一個小插曲這樣結束了，不，應該說原本我的確認爲是以小插曲的方式結束了。

一個人的人生不可能只是段小插曲，那時的我還太年輕，無法理解這一點，所以對我來說這只是個小插曲。我輕忽了對允瑞而言，我說的話有多重要，又有多沉重，所以僅僅只將這一切視爲一個舉無輕重的小插曲。

嘴裡說著空洞安慰話語的我，不過是個僞善者，簡直可說是令人感到噁心。

❄ ❄ ❄

——叮鈴——

一回到家簡訊聲又馬上響起，是劉善俞傳來的。善俞在我們小團體中算是特別喜歡打扮的人。據我所知，她好像在某個網站上滿有名的，可能因爲是這樣，最近似乎遇到了些不好的事。

一開始，我們也盡全力對她的事給予回應。每個人都有值得旁人淚流的故事，而能夠對這些故事感同身受的，這才是值得信賴的朋友。

——大家，我眞的好想死喔。

我看著預覽畫面裡的簡訊，忍不住心想，又不是只有她遇到痛苦的事而已，爲什麼總是一點小事就無病呻吟呢？有過更痛苦遭遇的允瑞都努力好好活著了，哪有那麼多事可以讓人每天都感到憂鬱？隨著善俞對我們的期待與吐露的憂鬱心事越多，我們就越難免有這樣的想法，不，說不定就只有我這樣。

「煩死了。」

腦中冒出這想法的同時，我也嚇到了。因爲我很喜歡也很有興趣看心理學的書，所以常常無條件地對他人的煩惱產生共鳴，也努力傾聽，並一直認為自己應該要幫助對方才行。但現在我對自己有種疏離感，是一不小心就會自我厭惡的那種疏離感。

但是我還太小，不會討厭自己，便理所當然地把厭惡感投注到別人身上。換句話說，都怪別人讓我產生這種想法，那人才是罪魁禍首。

為了安慰善俞，聊天群組不斷傳來簡訊聲，我嫌煩就直接把手機關靜音。與其說是討厭善俞，我更不想要的是去安慰別人，這點連我自己都無法理解。或許這都要歸功於「全世界我最不幸」那個可笑的妄想。

學校生活中最重要的就是「歸屬感」，但我的歸屬感正漸漸消失中。或許正像露珠會從葉子上滴落一般，是憂鬱的日子讓我變成了那樣的人也說不定。我越是陷入憂鬱，就越難在人際關係中保持清晰的思考，也難有餘力真正安慰任何人，更無法真心同情他人。然而，無止盡的自我厭惡並不能成為解脫的出口。

——秀雅，妳睡了嗎？

每天晚上都有煩人的簡訊聲，那是劉善俞傳的。其實安慰她一下也沒什麼大不了，對這種事沒什麼好反感的，但是要說有這種感覺也很自然的話，會不會顯得我太自私呢？

——啊，對不起，我睡著了。T_T 有什麼事嗎？

每天我都假裝睡著。

——啊，沒事啦！

是我太貪心嗎？我只想和沒有憂鬱情緒的妳聊天。

——喔，是喔？如果有事的話要記得聯絡喔！

如果不是貪心的話，那我這樣算不算是一文不值的偽善呢？

週末一大清早，想著要做些什麼。把手機放在書桌上，先翻了翻月曆。已經到了一年的最後一個月，看到「十二月」這幾個字，瞬間心情變得黯淡。

這一年裡我並沒有忙到對任何事都不在意的程度。可是我對課業不在意，就連最後的期末考也沒有全力以赴，這樣的我升上三年級後能夠好好讀嗎？高中階段我能好好讀嗎？真心對此感到懷疑。

我思考了一會，把月曆翻到前一個月，試著回想上一個月我做了什麼。接著像是下了決心一樣，我把十一月撕了下來。

十二月的第一天，我下定決心要開始寫日記，於是早上出門散步。因爲天氣還相當寒冷，我有點後悔沒穿得更暖一點，雖然現在還不到冷得發抖的程度。忽然我好奇起來，善俞總是毫無理由對我們嚷著要放棄人生，但是一如所有人都相信沒有毫無理由的死亡，那麼善俞應該也有她的原因，有她非常想要得到安慰的某個原因。是否單純是那個原因太過深奧而讓她難以述說？還是……

就連單純往下想我都不願再繼續了，便關掉耳中音樂，只是聽著呼嘯的風聲走著，這讓身邊的世界更加黯淡無光了。即使我知道自己是如此渺小又微不足道的存在，卻總是想要成爲有影響力的人，雖然這很可能是所有人的欲望，但對我而言，會不會是一個過於強求的欲望呢？

即使才是初冬，清晨的寒風已經讓人感到過於寒冷，我走到附近的便利店，買了一瓶熱飲來暖和我的脖子。放的時間稍微長了點，也可能是因爲飲料罐太燙，皮膚有些痛，感覺快要被燙傷了，這時我才打開飲料喝了一口。現在只要輕輕嘆一口氣，彷彿就能吐出撼動整個世界一樣的熱煙。

看來冬天也怕冷吧。說不定是因爲孤單，所以這點小小溫熱就能令它動搖。

❄ ❄ ❄

氣溫驟降，變得很冷之後，竟還能更冷，很快就到十二月底了。沉浸在年末氣氛中，所有人都顯得很幸福，我也被歡樂氛圍感染開心唱起聖誕歌。

「秀雅，聖誕節那天，我們和允瑞、靜亞四個人一起玩吧？」

善俞下課鐘一響就說。

「喔，不錯耶，那我去問問允瑞。」

所有考試都結束了，就等著新的學年到來，剩下的國中生活似乎還有不少時間，讓我稍稍安心了些。

「喔，已經要聖誕節啦。」

「對啊。」

「允瑞，妳覺得幸福嗎？」

那時，允瑞一臉明朗的笑容是我從未見過的，她燦笑著對我說：

「嗯，世上最幸福的就是我了。」

一句話把我所有的擔憂都融化了。

「太好了，回家路上小心喔。」

回到家後才想起我忘記了要問的事，於是傳簡訊給允瑞。

——允瑞啊，聖誕節那天我們一起出去玩好不好？

沒有答覆。

理由無法得知。

然後，第二天，允瑞就死了。

同床異夢：
表面看起來好像一起行動，但內心卻各自有不同的想法。

易地思之

某一天，我的天空是鮮紅色的。破裂的玻璃窗，爆裂的安全氣囊。在七歲的我面前，是兩具雖然熟悉，卻早已失去溫度的遺體。紅色液體蓋過眼睛慢慢流下，我靠著安全帶存活下來，帶著無法遺忘的痛苦漸漸失去意識。在逐漸擴大的火勢中我獲救了，但是我面前的遺體卻無法救出。我哭鬧著拜託救救他們，卻只是讓頭上的傷因掙扎而撕裂得更嚴重。在陌生大人的懷抱裡，我在閉上眼之前看到的最後景象是，大火之中翻覆的車、被血染紅的白雪，以及一閃一閃並發出吵鬧警示聲的警車與救護車。在那之後，進入眼簾的是一片慘白的醫院天花板、哭得累到睡著的外婆，以及稱之爲加護病房的房間。

「允瑞啊……以後妳該怎麼辦才好？」

許久不見的外婆淚眼婆娑地不斷問我，我只是愣愣地不發一語。即使身處在白色的房間裡，我眼前的那一片血紅仍舊沒有退去，繼續在我的瞳孔中閃動著。我的世界崩垮了。媒體上沸沸揚揚刊載著「○○企業社長與其夫人相伴自殺……獨留女兒存活」這等觸目驚心的標題。

年幼的我還不知道，從那時開始，我就成了「那對相伴自殺父母遺留下來的孩子」。當外婆告訴我這件事時，我簡直無法相信，也不想相信，甚至認爲這不可能是事實。雖然我不信爸爸媽媽怎麼可能會殺我，但這的確是事實，因爲躺在醫院病床上的觸感絲毫沒有變化，總是徘徊在事實與誇大之間的一篇篇新聞，一再告訴我這是事實。

但是我仍舊愛著緊握方向盤的爸爸，也深愛帶著明朗笑容，開心說我們要一起去聖誕節紀念旅行的媽媽，也很愛過去那個能幸運出生在富裕家庭，能坐在進口車裡笑鬧的我，所以我決定將思考交給時間。年幼的我對這一切全都無法理解，我想隨著年紀增加，總有一天我會理解的。經歷了如惡夢般的聖誕節衝擊之後，我有一度無法開口說話，眼神無法對準聚焦，渾渾噩噩過了好一段時間，住院長達一個月才能夠回家。

好寬敞，這寬敞的家樣樣都是紅色的，紅色的封條貼滿了整個家。

就這樣，我唯一感到驕傲與讓我覺得幸福的富裕，在瞬間失去了意義。在醫院裡強壓下來的眼淚，終於忍不住傾瀉而下。雪白的大理石地面似乎比土黃色人工貼皮地板還要更加冰冷。外婆把強忍淚水的我，緊緊抱入懷中，安慰著我說，孩子你不需要假裝自己是大人。

什麼是假裝大人呢？外婆是眞正的大人，但她哭得比我還要凶啊。

人死後會舉辦葬禮，外婆說爸爸媽媽也有，辦了葬禮之後他們就能前往好的地方。接著外婆還補充說，以後不能再住在這間房子裡了。這是一個很難理解的世界，明明我們的家還在那裡，爲什麼一定要離開呢？房子裡到處貼著一張張紅色的紙，又是什麼呢？

但是我沒辦法判斷，只能點點頭，牽著外婆的手搬離開家。

搬到的地方跟我以前住的地方比，車子少了很多，建築物也比較矮。附近有很多公寓，但是新房子明顯變小了，對無法判斷是富裕還是貧窮的我來說，這屋子只給我一種「悲傷」的感覺。連「相伴自殺」一詞是什麼意思都搞不懂的我，父母犯下的罪行，就只是殺人而已。這是我第一次對自己的生死起了疑問，可悲的是，這年我才七歲。

❄ ❄ ❄

適應新社區的時候，正好是春天，我也到了該上小學的時期。雖說已經是春季，天氣仍舊寒冷，所以不見花朵綻放。

入學典禮那天，背著媽媽事先買好的新書包，牽著外婆的手走出家門。不知道走了多久，看到一個孩子梳著兩條漂亮辮子，滿臉笑容牽著父母雙手。就跟我一樣，正確地說，是跟以前的我一樣。那女孩雖然和我四目相接，但隨即轉過頭去，繼續朝氣勃勃地往前走。我第一次覺得自己手中握著的那隻手是如此淒涼寒酸。

就像每個小學生生平第一次踏入教室，會用一切都好神奇的眼神仔細觀察教室，但是在那之前，我先感受到老師用奇怪眼神看著我。我從小就很會察言觀色，所以很快便感受到老師的視線集中在我身上，雖然我真的不知道爲什麼會這樣。

第一次拿到所謂「課本」的書，覺得很興奮，但是當綁著兩條漂亮辮子的女孩坐在我旁邊時，卻出現了生平第一次難以形容的感覺，現在仔細回想，該說是嫉妒還是備感侮辱呢？如果都不是的話，或許是自覺無比寒酸的悲慘感受。

那個漂亮的女孩一看到我，像是對我有印象一樣，很開心地向我打招呼。

「哈囉！妳叫什麼名字？」

「……黃允瑞。」

「哇！好好聽的名字喔！我們剛剛在路上有見過吧！」

「嗯。」

「很開心認識妳！我叫柳秀雅。」

這是我們短短緣分的起點。

事實上，這段緣分是不是以美好的感受做爲開端，我無法確定。成長過程中我漸漸成爲一個安靜的孩子，而柳秀雅則是漸漸成爲一個活潑開朗的孩子。因爲兩家的大樓相鄰，所以我們總是一起上下學，也常常對彼此傾訴分享各種大大小小的煩惱。雖然會覺得七歲的孩子哪有什麼煩惱，但是一想到我們之間竟有這麼多話題可聊，就算都是微不足道的瑣碎小事，也是專屬於我們的困擾吧。

平靜祥和的某一天。

「欸，黃允瑞，我媽叫我不要跟妳玩。」

「什麼？」

這話出自一位平常跟我一點也不熟的同學的口中，我其實內心相當受傷，也無法猜測對方爲什麼要這麼說，本來想要假裝毫不在乎，酷酷的回應，但是——

「爲什麼？」疑問率先脫口而出。

「我媽說妳沒有爸爸、媽媽，所以叫我不要跟妳這種小孩玩。」

那一天，是我第一次眞切感受到父母死去的事實。父母去世後，我從未覺得爸爸、媽媽死了，而是隱隱約約相信著他們並非不存在，只是去了遠方。

淚水瞬間順著臉頰滑下，這是父母去世後，第二次掉下眼淚。許多大人曾質疑不哭的我是不是一個沒血沒淚的小孩，甚至說這樣的我很可怕。但那個時候，不論是老師或同學，只是放任我獨自一人在教室中央哭泣，果然，三月的天氣還是太寒冷了，沒辦法開出花朵。

「允瑞，妳怎麼了?!」

只有一朵花除外。

「怎麼哭了呢……發生什麼事了？來，我們出去吧。」

她用笨拙的手扶起小小的我，拉著我到廁所。在世界上最小，大概只能容得下我的廁所裡，我久違地感受到溫暖。

那股溫度是來自有些笨拙的輕輕拍撫。我的內心像洶湧波濤，持續不斷將淚水推出來。這世界上沒有自然而然便能互相親近的事，雖然我當時沒有意識到，但柳秀雅挺溫暖的，在我一直寒颼颼的春天裡，唯一的一朵花蕾綻放了。

過了三年，關於我的傳聞逐漸平息下來。那時我和秀雅也十歲了，稍微有點思考能力，但是這次出現了其他問題。

柳秀雅被傳聞所困擾，這件事眞的是很可笑。只是一方面我雖然對其他人解釋實際的狀況，並表示關於秀雅的傳聞都是假的。但另一方面，我在心裡也天眞地認爲秀雅不會在意這些事。

我太天眞了。秀雅的形象與秀雅一起崩壞毀滅，而我……只是袖手旁觀。

我連消除關於自己的流言蜚語都可說是無能爲力，這樣的我，又怎麼有能力去剝除別人身上的謠言呢？因爲自知無法幫上任何忙，所以在學校只好對秀雅視而不見，只有在一起回家的路上，才會安慰痛苦難過的秀雅。我想就我的角色而言，做到這種程度已經足夠了。

但對秀雅來說，可能不夠吧。

我不知道這對秀雅會成爲一輩子的傷痛。

而這些情況不斷重複發生，關於我們各自的流言蜚語，跟著我們一起從小學畢業，又一起升上國中。

雖然還是會受傷，但我們卻也早已習慣。小學生會這樣做是因爲年紀還小吧？

就因爲年紀還小，所以才會這樣亂傳亂說吧？雖然年紀小可以成爲他們無法充分思考的理由，但這不能成爲傷害他人的理由。

謠言一點一滴地毀掉了秀雅的國中一年級，那時的我除了袖手旁觀，沒有任何可以爲她做的事。現在回想起來，我眞是後悔萬分。

就這樣，在升上國中二年級的第一天。

「喂——」

「秀雅嗎？發什麼神經，一大早打電話來。」

「沒啊，提醒妳不要遲到。」

「幹麼這樣肉麻兮兮？」

每天遲到的人叫我不要遲到，聽到這話我忍不住苦笑了一下。

「妳才不要遲到咧。」

「好啦，待會兒見。」

柳秀雅說完就掛掉電話。其實我差不多都準備好了，但多虧柳秀雅，我肯定要晚出門了，乾脆就多花點時間補補妝。

❄❄❄

「柳秀雅！我不是叫妳不要遲到嗎！」

看到遠遠飛奔的柳秀雅，比我預計的還要晚十分鐘。

「啊，對不起啦，我本來眞的不想遲到的……」

「算了，別說了快跑吧，第一天就想被老師盯上嗎？」

我很擔心眞的要遲到了，所以跑過了斑馬線，卻發現後面一點動靜都沒有，回頭一看，發現柳秀雅拿著我的隨身相冊。

「不是跟妳說過這個絕對不可以碰嗎？」

我一把搶過相冊，笑著說。

「對不起嘛，我只是想幫妳撿起來……」

看到秀雅一臉尷尬地笑了笑，我也馬上邊笑邊挽著她的手臂說：

「快走吧，眞的要遲到了。」

相冊裡其實只有父母的照片而已。

柳秀雅果然很受歡迎，長相也算是甜美漂亮，怎麼看都是男孩子會喜歡的類型，所以從一年級開始，「柳秀雅的好友」總是像固定公式一樣，是會自動加在我頭上的形容詞。

午餐時間秀雅總和一位叫周泫的同學玩在一起，我從一年級開始午休都要去播音室，但是這天我只是靜靜撐著下巴坐在教室裡。我覺得有些同學邊看著我邊竊竊私語，這讓我有點想死，甚至還有個同學明目張膽看著我，所以我偷偷注意了她的名牌「申佳延」。

是剛剛主動跟柳秀雅說話的人。

我沒吃午餐，午休就結束了。無聊的第五、第六節課也結束後，就放學了。放學前的導師時間，班導拿來一疊小筆記本，說想要的人可以拿。那本子就跟我原本用的筆記本一樣，所以我拿了一本。一如往常，這天也和柳秀雅一起放學回家。

「今天學校過得如何啊？」

「比預期的還不錯。」

對秀雅的提問，我只是口氣冷淡地回答。

「允瑞，妳每天都會帶著這本筆記本和相本耶。」

「筆記本？這是今天發的啊。」

「啊……這本就跟妳以前每天帶的那本一樣。」

「每年不都會發一本給我們。」

「我去年好像也有拿到。」

回到家才把書包放下，又出門去補習。即使去了補習班我也無法集中注意力，一直陷入有些灰暗憂鬱的想法之中。每當這種時候，我就會拿出相冊，看一下父母的照片，我現在就連父母的臉都快要記不清楚了。如果看了照片還是覺得心情很憂鬱低落，就會拿出筆記本，看著那一天一天減少的數字。

D-298

只要再撐一下下，就會到有勇氣自殺的那一天——聖誕節。下著雪的聖誕節，就是我的世界全面崩潰瓦解的那一天，對於那個已崩潰毀滅、無法重建的世界，我決定放手離開。去年，開花之春，我自己寫下，只剩下兩年的生命倒數計時日記。

補習結束回到家後，我拿出日記寫下。

三月二日——

新學期開始了，會有很多不同嗎？到今天為止，還剩下兩百九十八天。有些害怕自己對於所剩不多的人生會有所留戀。維持現狀，只要維持現狀就好。對我來說，最珍貴的人只有外婆和秀雅，只留下她們兩個人在我身邊就好，剩餘的人生裡，不要再多增加的任何人事物了。努力讓她們盡可能不要記得我，也不要讓她們因我感到悲傷。開學第一天就奔跑進校門的行為，不要覺得浪漫，也不要產生悸動澎湃。就這樣，只專注祈禱著我的人生快點結束。

寫完日記，又寫了明天補習班的作業，直到半夜才入眠。

❄ ❄ ❄

不祥的預感總是準確無誤，柳秀雅與我漸行漸遠，總是只和申佳延、李周泫玩在一起，我想我被拋下了。我的人生或許就是適合這種不幸的狀態吧，像是失去父母，或是捲入傳聞之中。如果已經家破人亡，是不是就連想要幸福的念頭都應該放棄才對？因此我無法埋怨秀雅，雖然不知道秀雅的行爲是旁觀，又或是主動認同附和，但這就和我曾經對她的事袖手旁觀是一樣的。

過不多久，秀雅似乎是和她們說開了，便又再度回到我身邊。那個叫李周泫的女生說申佳延很壞，她爲自己所作所爲找藉口的同時，還向我道歉。雖然我覺得不太開心，但還是接受了，並用充滿虛假的話語，暫時維持了形象。我覺得自己眞是噁心得令人厭惡，那天晚上，我的手上布滿了傷痕。

「不是說想珍惜的人越少越好嗎……」

從一開始，我就是自我矛盾的。

到四月份爲止，櫻花依然很美，但是美歸美，奇怪的是我卻不覺得喜歡，或許是內心已經毫無餘裕與空間去容納這些美好事物吧。一想到我這空虛的人生，又再度感到憂鬱低落。

在一開始決定死亡日期的當下，比起想要活下去的希望，我一心一意只想要死掉。爲了那一天努力活下去看看的話，現在回想起來，或許更接近想要活下去的意志，但是當時的我，是確確實實想死，或許這一點也可能被扭曲了，但那時我的確想死。從一年前開始，沒有一天是不想死的，昨天、今天、明天，每一天都好想死。或許D-day是我唯一的救贖吧。

「我今天沒有遲到太多吧！」

柳秀雅跑過來，最近柳秀雅還滿早起的，看起來心情也不錯的樣子。

「重點是妳看，櫻花眞的很美吧！這次又能開多久呢……」

「哪能開多久，很快就會謝了。韓國就只有夏天跟冬天，兩個季節而已。」

「也是。」

不出所料，春天很快就消退，夏天到來。我非常討厭炎熱的天氣，流汗或是寫筆記時皮膚貼住紙張的感覺，也討厭爲了涼爽而發明的冷氣或電風扇。

「同學，你們應該知道馬上就要第一次期中考了吧？考試沒什麼大不了的，不要太緊張。」

聽到這句話時，我在想著什麼呢？腦子裡想著這事跟我無關，因爲在那令所有人感到頭痛的未來，我不會存在。當時我是這麼想著。

然而奇怪的是，自那天晚上開始，我卻每天熬夜念書。

李周泫突然說要轉學，我們就去秀雅家辦睡衣派對玩了一整天。三個人開了小夜燈互相訴說彼此的煩惱。然後，我第一次告訴周泫我父母自殺的事。

某個週末我去了納骨塔。

每當我想整理心情，就會來到這裡，都變成一種習慣了。然而，最近卻沒什麼機會過來，這令人感到悲傷。只要我又出現想死的念頭，爲了平撫心情，我就會拿出父母的照片來看一看。其中有一張是父母露出淺淺微笑的照片，還有一張是父母一本正經面無表情的照片。我已經逐漸開始淡忘這兩張臉孔，現在如果不拿出照片來看的話，好怕會徹底忘了他們。事實上，我早已不記得那兩張臉眞正的樣貌，唯一還記得的，只剩下流著血的背影吧。

那痛苦的記憶讓我緊閉雙眼。記得第一次獨自走進納骨塔時，我哭了很久，但現在卻是連眼淚都流不出來，這讓我感到有點厭惡自己，又帶點悲傷，也有點恐懼。是不是現在連面對巨大的悲傷，都只有感覺到麻木呢？

媽媽，我現在已經不知道是該懷念，還是該怨恨你們？該怨恨你們讓我的人生跌落谷底？會不會媽媽早料到就算我活下來，也只能過上這種人生，所以那時才想要帶我一起走？我實在無法相信那張對著我微笑的臉，全是虛情假意……

儘管如此，我仍是輕咬住下唇。會有一天，我能笑著來這裡？這一天來臨前，我會不會已經死了呢？我從口袋裡拿出小相冊，抽出父母的照片，貼在骨灰罈前的玻璃上。

「現在天氣變得很熱。」

「……」

「過了這個季節我就去找你們。」

稍微瞇起眼睛，我擠出一點微笑。希望你們不要埋怨這樣的我，我只不過比你們爲我安排的人生，再多活了一些些日子而已，我默默在心裡說。

炎熱夏日的週末，翹了補習班的課來到納骨塔，感覺格外清冷孤寂。我很喜歡這一片寂靜，抬起了頭仰望天空。清香綠葉在樹枝上搖曳，天空清澈明朗湛藍。這果然是會想要和朋友無憂無慮、談笑嬉鬧的一天。

❄ ❄ ❄

既然都翹了補習班的課，本來想就乾脆回家休息，但還有未完成的作業，只好去圖書館。涼爽冷氣的味道迎面撲來，選了最角落的位置坐下拿出了作業，與其胡思亂想，倒不如埋頭念書來忘掉一切還更好。可笑的是，活在毫無目標的人生裡，我竟比任何人都還要認眞念書。

兩小時過去了，我停下手邊的作業，環顧四周。由於現在並非考季，還是暑假期間的週末，這讓一向就很安靜的圖書館有如畫一般的寧靜，我很喜歡。

寫完作業後拿出筆記本，想早點寫日記。

D-131

在頁面的最上方，用大大的字體寫下。

完美的一天，放下了那麼一點眷戀，把困擾我的補習推遲到明天，圖書館如預期的寧靜。即使在如此美好的日子，我依舊無法露出微笑，真是很悲傷，但對於無法確定是否真的感到悲傷，也覺得有些感謝。

到我能真正完全愛自己的那一天，需要多久時間呢？到我手臂上殘留的傷痕不會再刺痛我的心，還需要多久的時間呢？

❄ ❄ ❄

又過了一些日子，暑假結束，秋天到來。幾乎快要沒有春秋兩季的韓國，竟然遍地滿是紅葉。下學期開始了，我和靜亞、善俞這幾個女生玩在一起。我對一切都不太在意，柳秀雅看起來很幸福，我想那樣就夠了。

那天我也和柳秀雅一起放學回家，看著笑得特別燦爛的她，突然有這樣的想法。

原來不幸是會挑選人找上門的啊。

有著這樣人生的妳和我，原來是生活在不同的世界啊。

多虧了這樣的想法，讓我既沒了活下去的念頭，也沒了生存的勇氣。我不相信我值得幸福，我想，我是一個早已遺忘什麼是幸福的人。

如今空空的相冊說明了我剩餘的日子。

D-83

我一個沒注意，剩下的日子來到兩位數了。

到了要拿出稍微厚暖衣服來穿的季節。看著倒數的日子一天天減少，心情也越來越輕鬆。

不，其實是有點害怕。

就只是打個結，套在脖子上，但房間太狹窄，連繩子的另一頭都找不到地方掛，所以只能把結綁到最緊，蒙上被子，然後把繩子盡可能拉到最緊。

好痛苦。

喘不過氣，覺得頭好像快要爆炸了。

努力試著想要呼吸，但吸不到空氣。

意識開始有些渙散。

淺淺一笑。

緊抓的繩子斷了。

對死亡的恐懼消失了，雖然現在沒有想死的念頭，但是本來只想活到D-day那一天的意志似乎有些渙散了。

十月過去了，十一月也剛剛過了幾天，很快就來到初冬。D-day剩不到兩個月，我每天仍是若無其事地照常去上學。

又到了要去運動場的體育課時間，其實這天也沒發生什麼特別值得難過的事，我卻毫無由來地感到無力又憂鬱。是有點奇怪，也不知道是不是因爲柳秀雅現在看起來已經沒關係了，所以變得想要依賴她？叫她跟我一起去廁所，沒有給任何解釋說明，只是哭著說自己好累。我到底是爲什麼覺得累呢？我知道如果忘掉過去就會沒事，我也知道只要放下過去著眼當下的話，我的人生並沒有那麼不幸，但是每每讓我流淚哭泣的，卻又是我當下的狀態。

爲什麼我一定要不幸才行呢？

在不知道我過去的人眼裡，我的人生看起來應該不怎麼可憐吧？

或許不幸不是會挑選人，而是要賦予每個人不同程度的，忘記過去的能力？

最近經常想不起來爲什麼想死而訂下了 D-day，很擔心自己是不是變得非常想要活下去。

時隔一年，我第一次想像了自己的未來。

一直覺得自己沒有信心活下去，一直認爲死了就一了百了的我，在發覺自己的人生有了延長可能的這個瞬間，開始感到恐懼起來。D-day 的倒數天數只剩下個位數字了，日子從未像最近一樣過得那麼飛快，我沒有足夠的時間可以好好整理思緒。

去學校時腦海中經常浮現 D-day，不知道自己是否到現在爲止仍有想死的念頭，還是如別人所說，其實我並不是想死，只是不想這樣活著而已？但是如果是這樣，那麼我所等待的這許多日子，全都只是爲了撐下去的時間而已。況且我現在還是找不到任何可以堅持下去的理由，也從未想過要延後 D-day。過著與平時沒兩樣的生活，在帶著些許悲觀的日子中，聖誕節逐漸逼近了，那天就是我的 D-day，換一個說法的話，這一天是我父母的忌日。

那天，平安夜的那天，我和外婆發生爭執了。

「我不是說不想吃嗎?」

「總要吃完早餐再出門，晚上就不逼妳吃了。」

「外婆吃吧，我不想吃。」

「外婆已經這麼老，吃了也沒用，妳還年輕，日子還長，要多吃點。」

「外婆才不會死，為什麼每次都這樣說!」

「不要發脾氣，快點吃飯!」

「不用了。」

這是和外婆最後的對話。出門前應該要告訴她我愛她的，應該要再擁抱她一次的。存摺的入帳明細漸漸減少，似乎在預告親戚們給的生活費即將中斷，對我們來說，這情況根本無異是叫我們去死。看來是打算等我成年後，就要完全斷絕我們的生活費。

我只穿了拖鞋就出門，沒穿外套在街上徘徊了一陣子，才突然想起天氣預報說今天會下雪。晚餐時間已經過了許久，連月亮都看不到的半夜，只有灰濛濛的雲覆蓋了整片天空。

沒有勇氣回家。如果再看一次外婆的臉，好像連死都不能贖罪了。

時間一點一滴流逝，手腳越來越冰冷，甚至是刺痛起來。我只拿著手機在外面徘徊了好長好長的時間，沒有特別想聯絡的人，看著漸漸降低的手機電量也沒有特別的感覺。

但冬天畢竟是冬天，因爲穿得輕薄，所以覺得很冷，偏偏又覺得被冷死有點可惜，所以開始尋找溫暖的室內場所。我不想去人多的地方，因此想到即將放假的學校，不過遺憾的是，這天是全世界都閃閃發光的日子。

晚上來學校是一種新奇的體驗，走在平時只低頭看著地板的走廊上，我今天抬起頭四處張望，這感覺和過往體驗過的學校完全不同，不像鬼故事裡聽到的那樣陰森可怕，但也不像白天時那麼明亮，感覺學校不再像學校了。

中央樓梯處貼著一張海報。

用尋死的勇氣試著活下去

第十九屆預防自殺宣導活動

走到頂樓時，門是開著的。這裡的景色和最後一次上來時一樣，有一片紅褐色的地板和低矮的圍牆。

如果要說有什麼不一樣，大概是現在完完全全只有我一個人吧。

坐在頂樓，感覺到頂著褲子口袋的筆記本，拿出來打開一看，寫滿了從一年前開始寫起的日記。慢慢地，我從筆記本的第一頁翻起。

看著天空，不知道是雲還是霧密布了整片天空，很難看到星星。就這樣握著快要關機的手機，試著等到清晨吧。一面等待的同時，也想了很多，我現在尋死的念頭是對的嗎？哪怕只有一次，難道我從未有過迫切渴望活下去的念頭嗎？其實我還太小，無法承受這痛苦的想法。

比起理性判斷，心中更多是對自己爲什麼要這樣活著的疑問，還有對神、對人生的憎惡。手機電量沒剩多少了。

我傳了眼前景色的照片給柳秀雅。

簡訊已讀的柳秀雅沒有任何回覆。

對我來說，這果然是最接近衝動的事。

D-day

雖然盼了好幾年，但最終結局一如預期的那樣。我想短暫的痛苦其實也沒什麼大不了的。我翻到筆記的最後一頁，站在頂樓的末端。

沒過幾分鐘妳跑了過來。

滿臉是淚，妳顯然早已哭花了臉。看到妳那雙已然了解狀況的雙眼，感覺似乎妳馬上就會過來抓住我。

「妳真的來了。」

我笑著說。

是笑著的嗎？還是哭著說呢？不管是什麼，我的嘴角是微微上揚的。

當我傾斜了身體，妳伸長了手，一隻拖鞋掉了。十三歲的我們，什麼也贏不了，什麼也守護不了。

這人生似乎充滿了許多遺憾與憤恨。

易地思之：

換成對方的處境思考。

伯牙絕絃

「我的老天啊，允瑞啊!!」

允瑞外婆淒哀的哭聲充斥著整個房間，我低著頭，都怪我太沒用了，努力抬起的下巴還是無力垂了下來，強忍的淚水也滴落在腳背上。

「外婆，對不起、對不起……我應該要把她救回來的，我應該要再跑快一點……」

我哭喊著，抓住外婆的裙角跪了下來，始終不敢抬頭。我終究是沒有勇氣去面對允瑞外婆的臉。在一旁的媽媽也沒有勸阻我，只是站在一旁，陪著我一起流淚。

「不，秀雅啊，不是妳的錯，都是我這個無能外婆的錯啊。孩子沒父沒母的，我獨自一人把她撫養長大，是我沒把孩子照顧好啊。沒什麼好說的了，我也要跟允瑞一起走！」

外婆痛哭失聲，短短幾年間她失去了女兒、女婿和孫女。周圍的大人們都衝過來勸阻想尋死的外婆。在那混亂的場面中，我仍然跪倒在地無法站起身來。極度瘋狂的自責，再加上一句「不是妳的錯」讓我更加倍地內疚自責。

「秀雅，出去，快！」

媽媽哭著對我大喊，我這才站起身往會場外奔跑出去，留下那些看著我的同學們，呆立在身後。

天空很晴朗，要是下雪就好了，要是太陽下山就好了，要不然起一場濃霧也好，就像是在嘲笑我的處境一樣，天氣竟是如此極度晴朗美好。我無力地癱坐在地上，和外婆一樣也痛哭悲嚎起來，就這麼放聲哭喊直到嗓子都沙啞了。

❄ ❄ ❄

那天，我終究是無法鼓起勇氣再回到喪禮上，獨自搭著地鐵來到了漢江邊，或許有想要投江自盡的念頭，其實更主要是想來吹吹風。即將三年級了，雖然對升學考試的不安逐漸增加，但這對我來，都已經不再重要，而且如果我死了的話，這一切也就結束了。在高中入學以前，十二月那時，在三百六十五天之後，那時候離開的話，就可以了。

其實，這一切完全沒有眞實的感覺。

昨天還一起笑鬧的人現在已經不存在了。

現在，再也見不到了。

之後，我也跟著一起死吧。

對我來說，這是對這奢華且美好的世界與所有人的回報。我坐在一塊大石頭上，看著夕陽西下，因爲夕陽西下的天空是如此美麗，輕飄而過的雲朵也是如此美麗……以秒爲單位不停變化的情緒狀態，讓我感到相當不安，對，簡直就像那些飄動的雲朵一般。

就像是被什麼迷惑了一樣，眼淚不停不停掉落，慢慢把雙腳站上高高的橋上。我好想允瑞，在這彷彿只有我孤單留下來的孤獨世界上，我再也沒有繼續活下去的勇氣了。

實際站上橋邊，感覺只要我稍微不穩就會掉下去，而瞬間害怕起來，覺得不能就這樣死掉，因此急忙在有人發現之前，匆匆地從橋上下來。

再次搭上地鐵回到家時，太陽已完全落下，天色頗爲昏暗。媽媽一臉想問我到底跑去那裡怎麼現在才回家的臉，但最後她還是不忍心問出口。看到媽媽擔憂的臉，我有些安心地微微一笑，然後才進了房間。正憂慮著明天該怎麼去上學之際，突然聽到房外傳來父母正在商議什麼的聲音，我想他們可能是擔心我會崩潰吧。可是，其實早在很久以前我就已經被擊垮了。書桌上放著一束從家門前買來的滿天星，而我整個人癱在椅子，像是昏厥一般睡著了。這一天，是我期待已久的聖誕節。

❄ ❄ ❄

喪禮的隔天，我還是去上學了，其實不太清楚自己當時的精神狀況，但因爲有幾位同學也參加了喪禮，所以大家都知道我親眼目睹了允瑞的死亡。寒假就近在眼前，天氣雖然很冷，我卻沒穿外套就來上學。其實天氣到底冷不冷，我已經記不清，我只記得獨自一人上學的路是無比椎心刺骨的孤單。

周圍的同學一看到我便竊竊私語，進入班上坐到自己位置後，我才發現竟然連書包都沒帶就來上學了，這狀況實在太令人傻眼，我還以爲自己會忍不住苦笑出來，但嘴角卻與腦中想法相反，動也不動，絲毫沒有上揚的跡象。

我把椅子往後拉讓腿伸直，這時有一朵白色菊花落在我桌上。原來是旁邊書桌上擺了張照片，滿滿的菊花圍繞著那張熟悉的臉孔擺放。此時我才發現自己手上原來拿著一束滿天星。我把滿天星放在滿滿白菊花的最上方，平時用來搭配其他花朵的滿天星，此時看來格外顯眼。

「這不是妳最喜歡的花嗎？」

聲音沙啞，眼淚掉了下來，我仍不願承認允瑞已經死了。在最近距離看著這一切的我，卻比任何人都還堅信允瑞還活著。

其他朋友們靜靜走到我身邊，有人輕輕拍了拍我的背，有人緊緊擁抱我，有人為我拭去淚水，或著一起哭泣。在那溫暖之中，我仍淚流不止的原因是，在我懷抱裡的不是允瑞，不是那個子嬌小、有一雙小小的手的允瑞，所以我哭了又哭，還不小心撞到桌子，把原本堆得漂亮的菊花嘩啦啦撒落一地。在一地白菊花中最顯眼的，就是那一束滿天星。

滿天星的花語是死亡啊，允瑞。

❄ ❄ ❄

「下週就是寒假了吧？」

不知不覺已經到了朝會時間，班導師走進教室後開口說。聽了這句話，再看了看月曆，確實已經是十二月底了。

「嗯……我們班有位同學做了令人相當遺憾的選擇，相信大家都受到很大的衝擊，但是大家不要因此就被擊垮，相信這也不是離開的同學想看到的，對吧？」班導師語畢，眼神看向我，我馬上就察覺到，立刻視線往下看。朝會時間我常轉過頭去嘰嘰喳喳聊天的隔壁位置，如今已是空無一人。

「朝會就到這裡結束，等一下好好上課。」

「秀雅……」

「喔？喔，是靜亞啊。」

「好久不見了。」

「喔，對啊，善俞呢？」

「她說怕會想到允瑞，所以沒辦法跟妳在一起。」

雖然試著想要開口說些什麼，但所有的話語都堵在喉嚨裡，似乎只能化作眼淚流出來。我索性閉上了嘴，只是默默盯著地板，點了點頭，用以表示「雖然很痛苦，但我能理解」之意。

每當我走在走廊，看向我的視線確實發生了變化。我並不想要充滿憐憫的關心，可是只要一經過走廊，就會不斷有聲音和充滿虛偽的話語拋來，我明明穿著的是制服，卻像是喪服一般。

接下來是音樂課，原本不過是一節唱唱歌的課，但是想到這也是允瑞最喜歡的科目，就讓我再度陷入更加深沉的憂鬱。

我沒有開口唱，只是靜靜看著我身旁的位置。

這世界上有所謂百分之百的自殺嗎？允瑞是因爲從這棟建築物的頂樓跳下，而殺了自己嗎？還是，讓允瑞走向死亡的其他人殺了允瑞呢？我靜靜望著堆滿了鮮花的那個空蕩蕩位置。

「好想變得幸福。」

擦掉眼淚，我喃喃自語。好不容易才慢慢接近幸福，現在全都被帶走了。我非常憤怒，如果有神的話，我已經到了想立刻揪住神衣領的程度，不，應該說我更想責怪選擇這樣死去的允瑞。眼淚不停滑落，或許是因爲今天本該是幸福的一天。

不知道這一整天究竟是怎麼度過的，我拖著身軀回到家中。

家中一如往常的安靜，我什麼也不想思考，直接進房倒臥床上。沒有脫掉外套，也沒放下書包，內心的一角彷彿消失了，空虛又痛徹心扉，似乎就快要昏倒了。一直以來熟悉的沉默像是停電一般，帶來巨大的黑暗和沉重。

但比起實際感受到的，似乎沒有那麼痛徹心扉，或許是過去年紀還小的時候就曾經遭遇極大衝擊的事件所影響吧。

多虧了之前暑假縮短，讓寒假得以提早開始。事實上，我還沒完全整理好心情。這時間出門上學還太早，但我因爲覺得頭暈，又想要順便吹吹冷風，就在一大早來到住家附近的河邊走走。

白雪輕輕飄落在流動的河面上，我趕緊將羽絨外套的帽子戴上。早晨特有的青草味如此鮮明，四周無風，只有一片片細小雪花靜靜落下，不知爲何這場景讓人有種舒適感。

灰濛濛的天空，不完美卻如此美麗。

如果說這所有的天氣都能代表我的各種心情，會有人相信嗎？冰冷的雙手很快就凍紅了，我把手貼在脖子後面取暖。川流不息的河水岸邊似乎有些結凍了。

好害怕，也許從今以後只要到了下雪、寒冷、像這樣耳朵變得冰冷的季節，我就會想起妳。雖然現在與那時不同，我身上穿了外套，但爲什麼我覺得比起沒穿任何外套，眼睜睜失去妳的那一刻，現在卻是更冷呢？是不是因爲那時，妳還留有一口呼吸在這世界上呢？

❄ ❄ ❄

「各位同學，祝你們寒假都平安快樂，新學期都能順利！」

「好！」

在充斥宏亮嗓音的教室裡，我不發一語只是低著頭。聽到班導師說可以回家後，我以最快的速度拿著書包離開教室。羽絨外套一側的口袋裡，放著學校頂樓的鑰匙。

是那時撿到的。

再次回想那個時刻太痛苦了。

所有人都在下樓，只有我獨自往反方向走。爬著樓梯來到最高層，我覺得有些喘不過氣來。

送走允瑞後，這是我第一次來到頂樓。

從口袋中拿出鑰匙打開頂樓的門，冰冷的寒風伴隨著雪一起迎面呼嘯而來，關上門後我望著天空。

雪從早晨開始就下了，地面已經有些積雪。陰沉灰暗的天空，一如往常讓人無法有笑容的頂樓。

回憶會被美化似乎是事實。其實來頂樓之後，淚水簡直無法停止，不斷哭了又哭，雖然內心相當痛苦，但只要一想到和允瑞一起來到這裡的過往，那些嘻笑歡樂的日子又會自動在腦海中播放。

「欸，我得馬上去補習班才行！」

「跟我來一下下啦，妳也一定會喜歡的。」

「最好是這樣喔，要不然妳就死定了。」

「不會的啦。」

我曾經拉著允瑞到頂樓。

「……哇。」

「很讚吧！其他人不知道這裡沒鎖。」

「妳怎麼知道？」

「因爲還有些時間，就在學校逛了逛，試著轉轉看門把，沒想到竟然沒鎖！」

「頂樓竟然連個像樣的欄杆都沒有，眞是太危險了。」

「對啊，我們偶爾翹課就來這裡，好不好？」

「這像話嗎？」

「哪裡不像話了？我們就經常上來嘛。」

允瑞聽了我的話後笑了，她考慮了一會兒才說：

「哪有什麼理由經常上來這裡，偶爾沒事的話來一下就好。」

「……嗯，就這樣辦！怎樣？喜歡嗎？」

「還好。」

「什麼還好？很棒吧！」

現在再次來到頂樓，來到這個處處沾染妳氣息的地方，我因爲駐足太久而覺得痛苦萬分。這裡沉重的氛圍讓人連表情都舒展不開，甚至發自胸口最深之處出現一種喘不過氣的感覺。

不知爲何，那是一個不想放聲痛哭的傍晚。

我看著頭頂這片天空，自殺念頭盤旋在心頭。當初看著同一片天空的妳，又想著什麼呢？

後悔狠狠地刺痛了心，我再也堅持不住蹲坐在地。

「對不起，對不起……允瑞啊，拜託妳，眞的。」

雖然不斷逼迫自己強吞淚水，但最終再也無法克制地哭個不停，不再顧慮一切任憑自己恣意流淚。這是在允瑞死了、葬禮結束之後，我第一次放在自己這樣盡情大哭，哽咽到喘不過氣來，漸漸轉爲哀鳴，然後又再度放聲痛哭。

「對不起……對不起。」

好像就一直這樣喃喃自語，在妳掉下去的那個地方，在妳最後望著我的那個地方。

哭過、笑過的日子看起來並不美麗，難道這就是奇怪的青春嗎？

我沒有跳下去，只是打開手機確認一下，帶著顯示 D-day 行動日上來頂樓的那一天是何時？還剩多少時間？我能夠撐到那個時候嗎？

似乎撐得下去。

哪怕這是我奇怪的傲氣，也決定堅持到底。

我，將於明年十二月二十五日，死去。

打從允瑞離去開始，到我把親自買的滿天星放在她桌上那時，再到現在這一刻，我分分秒秒在腦中想的念頭只有一個——我，會在明年聖誕節離開這世界。

所以我會堅持到那個時候爲止。

希望寒假趕快結束，暑假也趕快過去。

因爲我現在還沒有勇氣在這裡尋死。雖然本來很好奇站在允瑞跳下去的那個位置是不是就能夠鼓起勇氣，但是心情依然沒有什麼變化，所以現在只能希望聖誕節快點來到，雖然可能和其他孩子期待的理由不太一樣……

回到家後不知道要做些什麼，就從書架上抽出小學時沒寫過的自修，試著解上面的練習題。一邊寫著看到題目就可以秒解的簡單題目，心裡也以爲解題的同時，就可以解開心結，但其實這樣子看起來比想像中還要傻氣。難道絞盡腦汁苦思該如何解開超難數學題的時候，才是人生中唯一可以順利解開難題的瞬間？

其實對於上次去學校的記憶，就只有在允瑞書桌上放下滿天星那一刻。我完全不記得哭得淚流滿面時是在誰的懷中，也不記得老師說了什麼，更不記得誰看著我在一旁竊竊私語。那天會去上學，是因爲對我來說，去上學等於是一條去看允瑞的路。

好一段時間沒去學校，因爲放寒假，但是即便沒放假我也去不了學校，因爲我實在沒信心能夠前往處處充滿允瑞氣息的地方。

只有在這種時候才會覺得放假放得特別長、無比漫長，那種漫長的罪惡感和不安，總在提醒著允瑞會死是因爲我。偶爾快發瘋時會傳來允瑞的聲音，還有班上同學嘲笑我的聲音，讓我手腕上留下累累傷痕。在家裡空無一人時才敢恣意放聲哭喊，但絕對不能讓父母知道，所以我依然乖乖按時去補習，雖然課堂上教的內容都不知道流向何處。

——叩叩——

「秀雅啊，我進去囉。」

「幹麼？」

媽媽一臉擔憂地開口問：

「……秀雅，妳那時候不是也在頂樓嗎？」

「所以呢？」

「看一下心理諮商，是不是會比較好？」

「不需要。」

「妳看起來不太好。」

「我真的沒關係。」

「……還是去一下吧。」

「我沒有媽媽想得那麼脆弱，別擔心。」

「……好吧，那媽媽相信妳。」

「……嗯。」

不想活下去。

也不想跟人分享我那微不足道的心情。

尤其不想讓媽媽知道。
總不能讓這世上我最愛的媽媽，爲了我而痛苦不已。
緊緊揪住情緒翻騰的胸口。
我以爲淚水已經哭乾了，
我以爲已流乾的淚水，又從內心深處湧了出來。
直哭到頭痛萬分，讓淚水陪伴我度過每一天。

伯牙絕絃：
因摯友離世而感到悲傷。

如履薄冰

「秀雅，妳有沒有看到媽媽的梳……？」

哎呀——

頭好痛，眼淚縮了回去，剛剛劃開的傷口開始流血，沒想到竟然被媽媽發現了。

我眞的無藥可救了。

媽媽一臉吃驚，像是在腦中尋找能說出口的詞彙。

「……出去。」

「秀雅啊，媽媽不知道妳這麼痛苦。」

「夠了，叫妳出去！」

「媽媽可以幫妳，媽媽可以了解的。」

一看到語帶哽咽的媽媽的淚水，我知道這顯然都是我的錯，但是現在與其跟媽媽談談，還是叫她快點出去比較好。

「出去，拜託！」

「妳……爲什麼要對媽媽大吼大叫？」

「……」

「媽媽不能擔心妳嗎？是因爲允瑞嗎？」

「幹……」

「妳說什麼？」

「因爲媽媽現在做的不是擔心，所以叫妳出去。」

聲音微微顫抖著。

我變得難以控制自己，本來沒有想罵髒話的，但爲什麼我會這樣呢？

雖然很後悔，但說出去的話像潑出去的水一樣覆水難收。

第二天早上，走到客廳時感覺到一股凝視著我的視線。

「還沒去上班嗎？」

「……」

「我出去一下喔。」

穿著睡衣隨便披上一件外套就出門了。原本像個廢人一樣生活，突然覺得大腦開始運作。

只穿著拖鞋出門的我，避開積雪走著。

如果妳也能看到現在這個世界該有多好。

現在滿是妳曾描繪過的晚雪，現在整個世界都被妳曾描繪過的一切覆蓋著，難道這些不能覆蓋掉妳的痛苦嗎？

爲什麼偏偏在如此寂寞凄冷的季節離開呢？

我眞不懂妳，其實連我自己都不了解。

一時分神胡思亂想，踩進積雪，寒氣滲透襪子，本來就冰冷的腳更冰了。

越是思念允瑞，內心就越是感到煎熬與折磨，但是我無法忘了她，也不能忘。即使會遺忘，那也是在很遙遠的將來。不對，在我的人生中，似乎根本沒有遺忘黃允瑞的這個假設。

妳曾經問我爲什麼這麼喜歡雪？

那妳爲什麼要在下雪的日子離開呢？

第二天正在吃著午餐的時候，在比平時更沉重的沉默之中，在我只是把飯塞入嘴裡的時候，媽媽打破了沉默。

「秀雅啊，媽媽覺得如果妳能去諮商一下會比較好。」

我拿著湯匙的手停了下來說：

「會有什麼不同嗎？」

「妳還那麼小，一定會有一些事是沒有辦法自己解決的啊……如果能向專家吐露心事的話，或許心理上會出現變化也說不定。不用談很久也沒關係，先花一點點時間試試看吧。」

「這不是短時間就可以改變的那種簡單的事吧。」

「爲什麼不可能有改變？先不用想得那麼困難。」

「連媽媽都無法理解我的心情了，其他人又怎麼可能了解我？」

「專家不是隨隨便便就能當的，而且這樣也可以幫助媽媽理解妳的心情。」

在這場頑強執著的勸說中，媽媽看來是絲毫沒有打算退讓。那就試一次吧，反正事情應該不會再更糟了。

「好吧，我去。」

「這個決定很好。」

「要怎麼開始呢？」

「市政府有提供相關服務，先去那邊吧。」

「爲什麼不去醫院？」

「本來想說既然要諮商就去大醫院，所以我打聽了一下，但是全部都要等一年以上才排得到。」

我無法忘記要等一年以上這句話，畢竟到那時，我應該已不在這世界上了。

「但不管怎樣只有專家才能進行諮商，所以不用太擔心。」

「好……」

因爲媽媽將我申報成危機學生，以致本來要等兩個月以上的諮商，只等了兩週就預約到了。

很快就來到第一次諮商的日子，下車時的心情很微妙。既不是激動，也不是緊張，是有點尷尬彆扭卻又帶點期待，一種很奇怪的感覺。

整體的氣氛和我想像的精神科不一樣，比起冰冷的醫院，這裡營造的氣氛與整體色調顯得相當溫馨。正當我覺得這裡的氣氛有點刻意時，有一位自稱是負責我案子的老師站在我的面前。

「原來妳就是秀雅啊，從今天開始總共十次，會由我和妳聊聊喔！」

「老師好。」

跟著這個人走進一個有些窄小的房間，裡面有一張書桌、兩張椅子，雖然氣氛布置得跟諮商室一樣，但給我的壓力就像來到審訊室一般。

「妳常有想尋死的念頭嗎？」

「對。」

「根據妳媽媽所說，妳處在高危險的狀態，最近有發生什麼讓妳感到很痛苦的事嗎？」

「我朋友死了。」

「是同班同學嗎？」

「對。」

隨著諮商師詢問那個朋友的問題增加，我的腦子就越是思念允瑞。

「原來如此，妳和那位朋友很要好嗎？」

「對，認識八年了。」

諮商師語氣平靜地接著說：

「妳心裡肯定很煎熬吧……」

「是嗎？」

腦海裡閃過第一次穿上尺寸稍大的校服傻傻笑著的妳，那個美麗的身影已經是兩年前的事了。

「老師可以再多問問有關那位朋友的事嗎？」

雖然我知道諮商師盡力體貼我的心情，但不管怎麼說，這都是一段痛苦的記憶。

「好。」

不過比起痛苦的記憶，我似乎更想趕快治癒痛苦的心。

「好，那在這之前，我們先約定幾件事好嗎？因爲我們是第一次聊。」

接著諮商師拿出幾張紙放在我的面前。

「左邊這裡是一份尊重生命的誓約書。第一點，在結束諮商前，不要試圖自殘或自殺；第二，要充分休息與睡眠，按時吃飯，照顧好自己。不知道妳曉不曉得，其實我們的身體和心理有著很緊密的連結。然後最後一項，丟掉所有一切可能會傷害自己的工具。請妳再看一次內容，然後就可以簽名了。」

內容眞是太荒謬了，如果衝動和憂鬱能夠僅憑這樣一張誓約書就消失的話，像我這樣的孩子打從一開始就不會被列爲必須接受諮商的危機學生了。

即使如此，我還是在紙上簽了名，雖然我不能確定任何事情，但我只是懷抱著希望，期望能做到，所以簽了名。

「旁邊是其他的同意書，因爲我會錄下我們之後的諮商會談內容。雖然所有諮商師都有保密義務，所以妳在諮商時說的事絕對不會傳出去，但是希望秀雅能了解，保密條款中還是有例外的規定。不知道妳有沒有聽過這點？」

保密條款的例外規定……

「沒有。」

「保密條款例外規定是指，如果自己或他人可能面臨危險時，也就是說發現有危害安全的隱患時，爲了秀雅的安全，可以將妳的狀況告知家長或其他專家。」

「喔……好，只要簽名就可以了吧？」

「再看一次，同意的話在這裡簽名就可以了。」

完全無法理解，也完全無法同意，這是在講什麼鬼東西？這樣一來，只要我試圖自殺或自殘，在這裡的談話內容馬上就會傳進父母耳裡，這算什麼保密條款啊？

但是如果不簽名的話，諮商就沒辦法進行了吧？

我在一兩張文件上簽名後，諮商師把文件放入資料夾，然後又拿出了另一張紙。

「從現在開始，我會把妳說的內容錄下來並整理好，所以妳放輕鬆說話就可以了。」

「好。」

「妳知道那位朋友是怎麼死的嗎？」

我猶豫了一下才回答：

「自殺。」

「自殺？她有跟你說過爲什麼會做出這樣的選擇嗎？」

「雖然允瑞從小就活得很辛苦，但是都沒表現出來，所以我也不太清楚。」

一聽到允瑞的名字，諮商師馬上開始在紙上寫了些什麼。

「那麼，妳是某一天突然聽到朋友的死訊嗎？」

「她死在我的眼前，在學校頂樓。聖誕節的時候，深夜裡突然收到簡訊，我就跑到學校，才跑到那裡她就掉下去了……」

諮商師的手動得更快。

「妳一定受到很大的衝擊吧。」

「我只是想，當時至少說一句話也好。」

「對這件事會感到愧疚嗎？」

愧疚得無止無盡啊，想不出該怎麼用言語來表達，我選擇全部一一說出。

「允瑞的死期，似乎是從小學六年級就訂下了，筆記本上有寫倒數日期。這麼久的時間以來，就只是我一個人在嘟嘟囔囔的抱怨，卻一點都沒發現……眞不敢想像當我什麼都不知道傻傻過日子的這段時間，對她來說，每一天都像在地獄裡受折磨，所以我眞的很抱歉。」

「可是老師覺得秀雅不用爲這件事感到自責。」

「雖然腦袋知道，但偏偏做不到。」

「原來如此……今天時間到了，剩下的故事我們下次見面再接著講，好嗎？」

「好。」

「老師想跟秀雅媽媽談一談，可以嗎？」

「……好。」

「好，那妳出去坐著等一會兒。」

我一到休息室，媽媽擔憂地看著我。

「柳媽媽，麻煩請進來跟我談一下……」

「喔，好的。」

就這樣我一個人待在休息室，這裡的所有一切都顯得好不眞實。

只是，這時間本來會跟我在一起的允瑞不在了，本來應該不在的媽媽卻在身邊，等媽媽出來一定要跟媽媽道歉才行。

❄ ❄ ❄

「那就下週三再見囉。」

「好，老師辛苦了。」

「秀雅慢走。」

「老師再見。」

出了大樓後，搭上媽媽的車。在有些窒息的沉默之後，媽媽率先開了口。

「覺得諮商如何？」

「因爲是第一次，光是塡資料就花一半時間了，我也還不清楚。」

「資料？什麼資料？」

「叫我不要自殺，還有保密協定例外規定那種。」

「保密協定例外規定是什麼啊？」

「如果覺得我可能會死的話，就會把諮商內容告訴媽媽的規定。」

「這樣不錯啊。」

「眞的嗎？」

「媽媽也必須要知道啊，這種事的話。」

「……」

一月二十二日——

生平第一次接受諮商，不太喜歡這種陌生的環境，和人為刻意布置出氣氛的環境，諮商老師雖然看起來很親切，但是也有一種虛偽的感覺，所以我沒辦法信任她。是因為我現在已經傷痕累累嗎？竟然對她吐露了無法對任何人說出口的事，好像有些痛快，但也好像有些不安。雖然對這位諮商老師不到警戒的程度，卻也沒想到自己會這樣順暢地就說出來了。第一天就說了這麼多，很好奇之後的諮商會以什麼樣的方式進行。每次只要談到允瑞，就覺得雙眼盈滿淚水。如果不開始慢慢練習隱藏心情的話，開學後可能無法正常度過學校生活，必須要學習忍耐的方法才行。其實今天也試著自殘了，因為如果不這樣做的話，極度的不安好像會讓我衝動到想尋死。可是我在今天簽名的文件上承諾不會自殘，卻又覺得這項協議實在太荒謬了。

諮商時，以往聽了也沒什麼感覺的單純安慰話語，今天卻格外觸動心弦，眼淚差點就要奪眶而出，努力強忍住真的好辛苦。只是簡單一句「妳心裡肯定很煎熬吧」，怎麼會讓人如此悲傷？也許我想要的並不是「之後也要加油」的話，而是至少一次也好，能有人認同那些我曾經苦苦捱過的日子？

新的一天早晨到來，如同心情一般，已經起床的身體也是十分沉重。本來以爲只要接受諮商就能夠整理好混亂的思緒，沒想到反而好像變得更複雜了。人類實在是太難理解了，諮商師又怎會覺得理解個案是簡單的事呢？

煩惱著沒有任何安排的星期四該怎麼度過，就這樣乾脆閉上眼睛睡到中午？或是乾脆去外面晃晃？還是，要不要去找善俞或靜亞呢？

——靜亞，今天有空嗎？

我今天要去補習，怎麼了？

——喔，那這樣就沒辦法了，本來想找妳玩。

劉善俞今天不用補習，你可以問問她。

——OK。

——善俞，今天有空嗎？

咦，怎麼了？

——要不要見面？我沒事做。

好啊，學校前面見？

——喔喔。

OKOK。

雖然還沒辦法整理好情緒和思緒，但如果一直待在家裡的話，害怕自己會漸漸崩潰，因爲我現在隨時都想要跟著允瑞而去，滿腦子都是一死了之的想法，但如果和別人在一起的話，至少沒辦法付諸行動。

開始準備出門，像平時一樣洗頭、換衣服、吹頭髮，但總覺得內心某一處像是缺了一角感到好空虛。雖然理由很明確，但我不想再思考這個理由了。

❄ ❄ ❄

「秀雅啊！好久不見。」

「好久不見啊。」

「最近都在做些什麼呢？」

「我啊，完全沒念書，自己一個人在家裡打發時間。」

「天啊……不會很無聊嗎？」

「會嗎？那妳呢？妳都在幹麼？」

「我好像也沒做什麼特別的耶，不是在家就是去補習班。」

「是喔。」

我們坐在社區公園的長椅上，聊著彼此的近況。

「妳最近和李靜亞有聯絡嗎？」

「靜亞嗎？怎麼了嗎？聯絡不上嗎？」

「最近約她見面也不見，就算我跟她聯絡，回得也比以前也慢很多。」

「可能靜亞放假很忙吧。」

「是喔……那妳最近還好嗎？」

「什麼？」

善俞一臉不知道自己是不是說了不該說的話看著我。想要回說沒關係的，時間似乎過得還不夠久，但如果說自己過得不好的話，又怕會讓人覺得不自在。

「感覺不太眞實，好像還好，但有時候又會很難過。」

盡可能以平靜的語氣說出這些話，這是我能做出的最佳選擇。

「說實話，的確難以相信，我們本來約好聖誕節一起出去玩，大家都受到很大的衝擊，所以都只待在家裡。」

「善俞妳也覺得很痛苦嗎？」

「怎麼可能不痛苦，我們同班至少也快一年。這下子我們班一下少了兩個人，李周泫轉學走了，現在黃允瑞也不在了。」

「是啊，但現在都已經不能說是我們班了。」

「喔，對耶，分班名單什麼時候會出來？」

「大概二月左右吧。」

「天啊，只剩兩個月左右能在一起嗎？」

「大概吧？」

「太扯了……」

原來不只有我爲了允瑞的事而感到心累痛苦，這讓我稍微感到安慰，因爲這些話就像是在告訴我，我並不奇怪，不是我特別敏感。

「善俞，最近有讓妳覺得很難過的事嗎？」

「難過的事？除了允瑞的事以外，是爸爸、媽媽？沒其他特別的事。」

這麼一說，二年級時的確聽善俞說過幾次，她因爲父母的關係很想死。

「最近關係還是不好嗎？」

「怎麼可能會好，說實話，媽的糟透了。」

「這麼嚴重的程度嗎？」

「我已經說過好幾百遍我想要去念美術大學，但是他們卻完全不支持我，這樣我怎麼可能上得了。」

「啊，妳很會畫畫耶。沒有去補習班嗎？」

「沒有錢怎麼去補習，想打工又沒有地方會願意僱用十四歲的學生。到底爲什麼要阻斷我的前途？」

不上不下的才能是一種詛咒，或許這樣反而能幫妳找到更好的未來方向。我本來想這樣說的。

「妳不是也很會念書？」我說。

「妳是看了我的綜合成績才這樣說吧？」

「嗯……」

「我是覺得自己在美術方面有天賦，沒有嗎？」

「有些事不是光靠天賦就可以的，不只需要努力和金錢，還要面對申請美術大學考試的各種困難。」

如果沒有特別出眾的才能，就該要認眞念書，眞不懂事。但是我想歸想，嘴裡說出來的都是支持劉善俞的話，反正我們只是沒有關係的外人，她想要過怎樣的人生都不關我的事。

「人生眞是他媽的太難了。難道不能只做自己想做的，不用煩惱其他事嗎？」

「我們還是國中生，當然可以啊。」

「怎麼可能？」

「是嗎？」

對話漸漸朝著奇怪的方向發展。太陽下山之後會變得很冷，還是找個室內的地方比較好。

「善俞，變冷了，我們找個地方進去坐吧。」

「好啊，要不要去咖啡廳呢？」

「好啊。」

就這樣走了一小段路，來到一家小型連鎖咖啡廳。善俞脫下外套，裡面是一件偏薄的針織衫，袖子部分稍微捲起，手腕位置到處貼著ＯＫ繃。

「受傷了嗎？」

「喔，這個啊，自殘。」

聽到善俞不以爲意的語氣，我還一度懷疑自己的耳朵。

「通常大家不是都會說受傷嗎？」

「通常大家不是都會嚇一跳嗎？」

我想是我們兩個都不怎麼正常。雖然視這種話題爲理所當然似乎不是什麼好事，但我覺得好像是第一次碰上了與自己類似的人。

「秀雅妳好像不會做吧，像自殘這種事？」

「不，我也是喔。」

「啊，是因爲允瑞嗎？抱歉。」

「不是啦。」

眞不懂她怎麼能這麼輕易提起允瑞的事。我現在好像一不小心就會生氣，隨後自己一個人呆呆地陷入沉思。

「妳知道自殘帳號嗎？」

「嗯，有聽說過。」

自殘帳號，指的是拍下自己身上製造的傷口，然後上傳到留言板的帳號。

「其實我有在用這樣的帳號。」

善俞開始一個一個撕下貼在身上的ＯＫ繃，比我的傷口還深的傷疤處處可見。

「……不是用刀劃的耶。」

本想要裝作若無其事地說出來，但看到後可能還是太受衝擊，以致我全身起了雞皮疙瘩。

「有幾個是用剪刀割開，有的是用刀片割。」

「妳怎麼能對自己的身體這麼狠？」

「妳不是說妳也會嗎？」

「我只不過是用刀片稍微割一下而已……」

「不是很苦嗎？」

「……是很累。」

雖然明知痛苦程度跟自殘傷痕大小不成比例，但當時想不出合適的話回答她，而且那一刻的善俞看起來好痛、好痛。

「幹麼弄什麼自殘帳號？不痛嗎？」

「當然是痛得要死啊，還用說嗎？」

善俞呵呵笑著繼續說：「帳號嘛……這個嘛，自己在房裡又割又剪的，但在那裡會有人理解妳、安慰妳，光想不覺得就有點幸福嗎？」

「這個我就不知道了。」

「……嗯，其實不是希望妳能理解才告訴妳的。」

「可以問妳一件事嗎？」

「什麼？」

「爲什麼會想要自殘呢？是想尋死嗎？」

我婉轉地問，善俞苦惱了一會兒回答道：

「因爲想要活下去。」

跟我的理由一樣。

因爲允瑞沒有留下任何痕跡，在我面前也從未露出自殘傷口，所以善俞的傷口讓我受到很大的衝擊。幾天以來那些傷痕總是時不時地浮現，看起來像是才剛割開，滿是血痕的一個個傷口，在我的眼前揮之不去。

❄ ❄ ❄

即將邁入新學期，但是我既沒有念書，也沒做任何準備，更別提什麼自我成長了，但那又怎樣？反正我要是一副若無其事的樣子，肯定又會被罵是冷血的女人。

二月二十五日——

再過沒多久馬上就要開學了。嗯，如果學校是小型社會的話，那等我出了社會，可能會沒法好好適應社會生活吧。我實在很厭倦和人相處，也很厭倦這樣的自己。真希望能有個人可以讓我好好休息就好了。如果有一個人可以來告訴我，我可以放下一切，暫時休息一下就好了。難道這是一種奢求嗎？

不知不覺又到了星期三，因爲諮商而提早下班的媽媽開車載我去。

「因爲我給媽媽添麻煩了，對不起。」

「怎麼會，有什麼好對不起的。」

「秀雅啊，除了諮商，妳覺得去醫院怎麼樣？」

說了上次沒說出口的話之後，媽媽也開口了。

「精神科嗎？」

「別想得太嚴重，上次和諮商老師談過了，老師認爲秀雅如果可以諮商和藥物治療同時進行的話，會更有效果。」

「喔……可是我不想吃藥。」

「爲什麼？」

「吃藥的話不就跟病人一樣嗎？」

「妳的確是病人啊。」

「我還不到那個程度。」

「好，我知道了，那今天跟老師好好聊聊。媽媽是覺得如果開始藥物治療的話，或許就可以不需要諮商，所以我才問問看的。」

「知道了，等一下見。」

❄ ❄ ❄

「妳好。」

「哈囉，秀雅。我們進去房間吧。」

諮商師打開錄音機準備好紙張，率先開了口。

「今天老師有一件事想問妳。」

「喔，好的。」

「秀雅有最喜歡的時間嗎？」

「時間……倒是沒有特別的，如果硬要說的話，我還滿喜歡冬天的夜晚。」

「冬天的夜晚？」

「是的。」

「喜歡冬天夜晚的哪個部分呢？」

「雖然又冷又黑暗，但是滿喜歡皚皚白雪堆積的世界。在最寒冷的季節裡，世界竟是如此漂亮。特別是晚上會更冷，在路燈光線照射下的白雪顯得更加雪白，指尖凍得紅通通，但是反而這樣更顯得溫馨又溫暖。」

「那麼冬天夜晚，和那位叫允瑞的朋友有關嗎？」

「嗯……」

我猶豫了一下才開口：「如果四季中的冬天消失了，那麼原本總是抱怨冬天很冷的人，會不會還記得冬天是個美麗的季節呢？」

「嗯嗯。」

「在消失以前我也不知道，只覺得不過是個冷得要死的季節，哪裡美麗了。」

諮商師快速在紙上畫了好幾次圈圈，然後開口說：

「允瑞對妳而言的意義，似乎比老師所想的還要更重大。」

「我也……我也覺得好像是這樣。」

「允瑞很漂亮嗎？是值得尊敬的朋友嗎？」

「她的外表不是非常漂亮的類型，應該說是可愛型？可是她每天、每天都堅持努力著，每天翻著照片和筆記好幾十遍，每天、每天就連呼吸都很吃力，但允瑞還是努力活下去。這樣的話，可以稱得上是值得尊敬的朋友嗎？」

「妳覺得允瑞為什麼會做出這樣的選擇呢？」

「不是她選擇的，並不是允瑞決定離開的。」

「妳不是說允瑞訂下了尋死的日期嗎？」

「我們能說那天是允瑞選擇的嗎……？肯定是覺得自己反正是將死之人了，只是把剩下的日子當作是度過餘生而已。允瑞是被推下去的，在頂樓的那一天，是這個世界把允瑞推下去的，不是她自己掉下去的……」

我越說越激動。諮商師聽了我說的話，在紙上寫了長長的筆記。

「嗯，秀雅啊，老師這樣問是因為，我想知道妳是怎麼度過妳最喜歡的時間。倘若日子變得憂鬱了，要是能把那段時間變幸福，日子也會不一樣。」

「那麼以我的情況來說，我的冬天夜晚一定要過得很幸福嗎？」

「但因爲妳回答的並不是一個特定時間，所以有點不好說……爲了不要讓和朋友在一起的時光變成痛苦的記憶，老師希望妳可以努力一下。」

「原來如此……」

「有和父母談過藥物治療的事嗎？」

「藥物治療嗎？有稍微談一下，但是我不想要吃藥。」

「喔？爲什麼？」

好歹也是老師推薦的治療方式，如果直接表示否定，是不是有點過分呢？

「嗯……」

「沒關係，妳放心儘管說吧。」

「因爲我不想要依賴藥物。」

「原來秀雅是擔心會變得依賴藥物啊。」

「好像是這樣。」

「可是老師認爲秀雅並不是依賴藥物，妳把它想成是『利用』會比較好。」

本來想說：「如果能壓抑瞬間的衝動，讓心情變好的話，那和毒品有什麼區別？」但我還是忍住了。

「利用？」我問。

「嗯，在開始服藥後狀態有好轉的話，就減輕藥量。之後就算不用吃藥，也可以正常生活，那麼藥物就只是扮演輔助的角色而已。」

「我再考慮看看，因爲這好像不是我自己可以決定的事。」

「嗯，知道了。但最重要的還是秀雅的想法，今天我們就到這邊爲止，下週再聊聊吧？」

「好的。」

「那回家路上小心。」

「老師再見。」

「今天跟老師說了什麼呢？」

媽媽還沒等我坐上副駕駛座，便像是連珠砲似的接二連三問了很多問題。

「談了允瑞的事。」

「會不會很不好受？」

「很難過。」

「那醫院的事決定得如何？」

「我也不知道。」

「積極考慮一下吧。」

「媽媽，難道妳女兒被烙上神經病患者的標籤也沒關係嗎？」

「妳怎麼這麼說話？誰會知道妳吃藥的事呢？」

「我覺得自己會沒辦法抬頭挺胸地生活。」

「那又怎麼樣？」

再繼續說下去，好像會對媽媽口出惡言了，所以我閉上嘴。總不能讓我最愛的媽媽，爲了我這種人而痛苦。雖然這些話已經在腦海裡重複了幾十遍，但從嘴裡吐出的話卻老像是沒經過大腦一樣。

那天做了一個悲傷的夢，有好一會兒我沒意識到那只是一場夢。

即使從惡夢中驚醒，我也不覺得鬆了一口氣。我甚至沒有因爲惡夢的餘韻而流淚，只覺得那眞的就是我的日常，而感到無比悲傷。又深又沉的憂鬱是不是已經占據我的無意識呢……令人恐懼的現實反而成了惡夢，做了惡夢反而希望那是現實。

雖然這話聽起來很可笑，但我寧願乾脆活在浮誇又可笑的夢境中。因爲夢這個美麗的名字，或許是一個値得生活的地方吧。

開學日越來越近，我卻毫無準備，到時還必須裝作一切正常去上學。最近我每一天都想要尋死，想藏起我的沮喪憂鬱，像花草可以躲在溫室一樣。

我應該撐得下去，應該能平安度過這個季節吧，然後可以再堅持三個季節，等到冬季再次到來再離開吧，抱著這樣的想法，又過了許多日子。

我又再度來到河邊，是允瑞過世沒多久時曾去過的那條河。當時也是冬天，到現在還是很寒冷的冬天。我不知道該怎麼接受這毫無變化的風景，腦袋空空、不想任何事情只是呆望著流動的河水，心情就莫名感到平靜了，所以我自己散步的時候也經常來這裡。

這條河只在冬天才結凍，靜靜停著不會流動。只有在河水最深的某一處，仍在流動著。

但就連這流動的水似乎也不是爲了我，那麼在冬天時，我應該要從哪裡得到慰藉呢？

跟那時一樣沒有下雪，可是我內心的暴風雪似乎還沒有平息下來，如果現在能下雪就好了。

看著灰濛濛的天空，我深深嘆了口氣，嘴裡吐出的白煙飄上天空後就消失了。

再次來到這裡，會是怎樣的心情呢？那時也會有想要一死了之的念頭？還是一想到允瑞會有點心痛呢？需要調整心情的時間逼近了。

連呼吸都很艱難的冰冷寒假結束了。

天氣回暖了。

而妳的味道漸漸變淡了。

如履薄冰：
像是踩在薄冰之上行走，通常用於比喻驚險的事情。

哀而不悲

開學第一天，雖然是新的班級，卻是所有人都認識我。要說是在背後竊竊私語，還不如說大家根本是光明正大地指指點點：「就是這個人嗎？」現在本該早已習慣的環境中，我只能靜靜閉上眼睛。要是在這邊發脾氣的話，只會被說是瘋女人。我應該會慢慢習慣這一切吧。

新的老師、新的班級、新的桌椅、新的同學，所有一切都是新的，但是對我來說已經沒有任何意義，不想對這一切感到興奮或幸福。從進到班級的瞬間就只是趴在桌上發呆。

「哈囉。」

趴在桌上的我，感覺有人在我上方跟我打招呼，抬起下巴往前一看，是一個活力四射的男生，他有些半蹲，爲的是要跟趴著的我保持平視。

制服上沒有名牌。

「妳是柳秀雅吧。」

「爲什麼要跟我說話？」

「這個嘛……當然是因爲想跟妳變熟啊。」

「那，既然已經知道我的名字，爲什麼還想跟我變熟？」
「妳的名字難道是不能變熟的名字嗎？」
「嗯。」
「爲什麼？」
「沒爲什麼，反正不要跟我變熟。」
「但我就想跟妳當朋友啊。」
「你是轉學生嗎？」
「妳現在才知道嗎？」
啊，剛才聽到的「就是這個人嗎？」原來不是在說我，而是在說他？
「可是你怎麼會知道我的名字？」
「不是有名牌嗎？」
「喔……」
不知道他有沒有注意到我根本在放空，只是無意識地回答，但他還是接著繼續說。
「妳眞有趣，所以我們當朋友吧。」

有人這麼喜歡我還是第一次，這該怎麼說呢？與其說是對異性的好感，更貼近於好奇心吧？如果不是的話，看起來是否有點像是同病相憐？

「妳知道我的名字嗎？」

我搖搖頭。

「成敏，單名。」

他滿臉笑容說著。誰有辦法對著笑臉盈盈的臉說出什麼過分的話呢？雖然因此我可以確定，他是對我的傳聞一無所知就輕率來靠近，之後他肯定會後悔的。

「你可以隨便跟班上任何一個人打聽我是個怎樣的人，聽了之後再看看還會不會想跟我當朋友。」

我說完話就走出教室。爲了不要受到他人傷害，這是我所能做出最好的處理方式。快速經過令人害怕的走廊，逃到廁所看著鏡子裡的自己，過去備受疼愛的模樣已不復見，眼下深深凹陷的黑眼圈，提醒我全身上下已找不到任何一點生氣，現在連我自己都無法愛著這樣的自己了。

覺得我可憐的，有我一個就足夠了。

洗臉台沾著血跡。

一眨眼就不見了。

不知不覺春天已經來臨，但是心底深處吹著的還是冬天的風。因爲想哭而眼睛發痠，但又怕人看到，趕緊自己默默快速抹去淚水。

❄❄❄

再次回到班上，那個男同學回到自己位置去了，但還是稍微看了我一下。

我也坐回位置。我忘不了現在再也無法同班的那位朋友，更不可能再交新的朋友了。

因爲是開學日，第一節課在新班導的自我介紹、同學的互相認識中，時間差不多就過了。只是來到國三，大家差不多都知道彼此是誰，因此所有人的注目焦點全都集中在成敏的自我介紹。

「嗯……哈囉！我叫成敏，是單名『敏』，希望能和大家好好相處，如果有人先開口跟我講話，我會很感謝的。」

看到其他同學好奇的眼神，我只是覺得好笑，接著眼神與成敏對上，四目交會的瞬間，看到他那嬉皮笑臉的樣子，一股不悅油然而生。這傢伙根本一點都不了解我，就算之後了解了，只要聽過我的事肯定會遠離我，現在又何必如此虛僞呢。

「欸。」

「幹麼啊，嚇死人了。」

心不在焉放空神遊，連打鐘了都不知道。

「我聽說妳的事了。」

一時語塞，所以呢？又怎樣？爲什麼要告訴我？雖然疑問在腦子裡接二連三不斷冒出，但是在這之中挑選不出可以說出口的話。

「可是，聽完以後更想跟妳當朋友耶。」

「……你現在是在耍我嗎？」

「欸，哪有，是眞的想跟妳當朋友啦。」

「別鬧了，你聽到了多少？」

「嗯……眞的想知道嗎？包括黃允瑞的事到葬禮上的事都知道了。」

「……媽的。」

「幹麼罵髒話啦。」

「閉嘴，不要跟我說話。」

「我做錯什麼了嗎？妳不是叫我去問同學，如果知道了還想跟妳當朋友再來嗎？」

「……」

「我沒說錯吧。」

「到底爲什麼想跟我當朋友？」

「妳覺得我爲什麼會在國三轉學來這裡？」

「關我屁事？」

「雖然我可能沒妳那麼痛苦，但我也是因爲很痛苦才轉學的。」

我沒說出口，但心想，「那又怎麼樣？」

「我們不能當好朋友嗎？」

「彼此分享痛苦的朋友？」我在內心反駁著。

「難道妳只和黃允瑞分享快樂嗎？」

我內心開始怒吼：「不准提黃允瑞。」

「好啦，好啦，別瞪我了。」

「……」

我把所有的話都吞了下去。

「妳不也很痛苦嗎？不管是同情還是虛僞，我是眞心想要安慰妳，妳也需要這樣的朋友，不是嗎？」

「……」一陣沉默後，我才開口說：

「我現在不能交新朋友。」

「爲什麼？」

——噹噹噹噹——

上課鐘聲響起。

「我等等下課再過來。」

成敏再次回到自己的位置。

這傢伙還眞像一隻打不死的蟑螂。

眞的是很煩，但感覺倒是不差。可是這點更令人著惱。

「我有必要交新朋友嗎？」我喃喃自語著。

上課時注意力很難集中。我都記不得最近有沒有好好認眞聽過一次課？或許這狀況也是理所當然的，所以不管我是在睡覺還是發呆，老師們都只是視而不見任由著我。

到了下課時間我莫名變得緊張，因爲不斷反覆咀嚼成敏話中的意義。但是不管怎麼等待他都沒來，瞥了一眼後面，他正忙著和其他同學聊天。

也是，身爲轉學生，如果只和我講話的話肯定很奇怪。而且那場面看起來就是一個班級非常理想的場景，所以我決定置之不理，反正以我現在的處境也做不了什麼。

❄ ❄ ❄

「我出門囉。」

一如往常，我對著空無一人的家中打聲招呼才出門。不知不覺中，不用穿厚外套的天氣正在一步步接近。怪的是，天越來越暖，我卻感覺離允瑞越來越遠了。

不知怎的，從某一個瞬間起，冬天與允瑞畫上了等號。

在我即將死去的冬天就可以再見到妳了。

無聊的一天，拿起手機想要聯絡一下朋友，這才發現沒有可以聯絡的人。此時，一個映入眼簾的名字。

黃允瑞

聯絡資訊還沒來得及刪除，於是我打了電話過去。

只聽到無情的通話鈴聲持續不斷地反覆，終究是不可能聽到我懷念至極的聲音。

這當然是預料中的事，但也讓我有一種黃允瑞這個人被否定的感覺。當然這人如今已不在這世界上，但是，我卻感覺是過去曾經一起經歷的所有時光全都遭到否定了。我失了神呆呆望向窗外。

妳在天上收到我送妳的花了嗎？在那裡見到妳父母了嗎？允瑞的父母，是否也很開心見到允瑞呢？

真想拔掉這個到現在還滿滿都是關於黃允瑞思緒的腦袋瓜子。我，真是夠了，或許，允瑞不曾預想過我會走到這般田地吧？

今天不知怎麼的，又對允瑞埋怨起來。

❄ ❄ ❄

「我回來了。」媽媽回來了。

「趕快進來吧。」

「媽媽今天都還好嗎？」

「哪會有什麼不好的？」

「唉呦，我家女兒已經長大了！就算一個人也可以乖乖在家呢。」

「那些都是多久以前的事了，我現在都這麼大了。」

「媽媽先去洗澡。秀雅也別念書了，早點睡覺！」

「媽媽眞是連雞毛蒜皮小事都要操心耶。」

「妳知道吧，媽媽的意思是如果秀雅覺得不想念書，就不用念也沒關係！懂了嗎？」

「嗯嗯，媽媽一定累了吧，早點睡吧。」

「好，好，晚安。」

因爲媽媽突然回來，還沒來得及擦掉的血跡順著我的手背流下，滴了幾滴在小腿上，但似乎沒有被媽媽發現。

趕緊回到房間，進了與房間相連的廁所，打開水龍頭用水沖拭手臂，再拿濕紙巾連腿也擦乾淨，隨便用幾個OK繃貼上，趕忙換上了長袖。

❄ ❄ ❄

躺在床上逛著社群網站。

突然想起白天撥的電話，點進了通話記錄。

李周泫　未接來電

有一通不知道何時打來的未接來電，帶著有些想念的心情，戴上耳機按下了她的電話。

「好久不見啦！妳也開學了吧！」

「是啊，好久沒見了。」

久違的聲音。

「其實在打給妳之前，我先打給允瑞，但她沒接耶？大概是太晚打了吧。」

「……允瑞？」

「嗯！妳該不會不爽我沒先打給妳吧？」

「妳最近有回來我們這裡嗎？」

「沒特別要回去的理由啊……？有什麼事嗎？」

也是，仔細想想，在喪禮上好像也沒看到她，思緒混亂到自顧不暇，因此也沒想到要聯絡她。但是，難道她父母沒跟她說嗎？

「沒事啦。」

「幹麼這樣，嚇人一跳。允瑞最近也還好嗎？」

「嗯，她也不錯。」

「幸好……放假的時候去找妳們玩。」

「好啊。」

「怎麼聲音聽起來這麼沒力氣呢？」

「喔……本來要睡覺了，所以有點睏了。」

「不妨礙妳睡覺了，快去睡吧。好像被媽媽發現了。」

「妳也快睡吧，加油。」

喘不過氣來。

周泫還不知道允瑞已經死了。

爲了要鞭策她讀書，特別搬到江南明星八大學區的父母，怎麼可能告訴孩子會妨礙她念書的事呢。

心臟怦怦跳得好快，情緒無法鎮靜下來。隨口亂編允瑞的事，令人感到窒息又痛苦，彷彿只要再多說一句，我就會克制不住馬上哭出來。

不，是我把事情想得太簡單了，實在太過痛苦了，不知不覺已淚流滿面，對周泫感到抱歉的心情讓胸口痛到揪在一起，我完全不知道什麼才是對的。因爲媽媽已經回到家了，只能強壓痛苦忍著哭聲，默默不停流下淚水，眞的好想放聲痛哭一場。

❄ ❄ ❄

感覺昏昏沉沉想再閉上眼睛，但煩悶的心情卻讓我睜著雙眼，完全與我的意志無關，然後又到了早晨。

「……已經三月了。」

穿上掛著的制服。

雖然每天都會穿上制服，但不知爲何覺得這天有些不同。

要適應新的班級，還要適應沒有允瑞的下課時間、上下學和午餐時間，這一切對我來說實在太吃力了。

我還沒辦法送走允瑞啊。

總覺得她似乎還活著，就在我身邊啊。

雖然我也知道自己不能繼續這樣下去，卻又想繼續這樣過，想要和逐漸消失的關於黃允瑞的記憶一起度過這輩子，即使我知道這對我來說會更加痛苦，但我還是想這樣過一輩子。

❄ ❄ ❄

「妳來了啊。」

傳來一個不怎麼熟悉的聲音，接著手臂就搭上我的肩。

「……」

我遞給他一個「別裝熟」的眼神。

「哇，幹麼瞪我？」

「……你不累嗎？」

「唉唷，開口說話了。開學才兩天而已，這麼快就累怎麼行？」

「別跟我說話。」

「啊，我好受傷。」

自己明明說不會受傷的。

從開學那天起，連續幾天一直找我說話、名叫成敏的男生，真的是完全不會累，每天不間斷地一直這樣。和他在一起時感受到的目光，已經讓我厭煩到想發火的地步了。

光是自己站在那裡就已經是萬眾矚目的焦點，又跑來和我在一起，會變得有多引人注目啊。結果，當然是連我也一起受到關注。

走進班上又看到他。

而我還在想念本來應該要坐在那個位置的允瑞啊。

有了這樣的想法，我立刻起身來到走廊。在教室裡什麼也做不了，除了成敏以外，沒有人願意和我靠近，但跟他當朋友對我來說太過勉強了。

「秀雅啊！」

靜亞充滿活力地呼喚我。

「放假的時候我們都沒見到耶。」

我也盡可能用開朗的語氣回答。

「妳還好嗎？」

「我喔……身心俱疲啊。」

靜亞雙眼充滿擔憂地看著我，爲了不讓那雙眼增添擔憂，我試著勉強擠出笑容。好久沒在學校笑過了，即使是假笑也比不笑的好，靜亞也像是鬆了一口氣似的跟著笑了。

「幸好。啊，對了，聽說你們班來了個轉學生。」

「嗯，對啊。」

「聽大家都說那人長得很帥，眞的嗎？」

「喔……大概吧。」

「什麼，在哪裡？也太好了吧。」

「應該跟其他同學在一起吧。」

「妳對他完全沒興趣？」

「嗯……」

我轉過頭來，瞄了一眼正笑著喧鬧的小敏。

「嗯，馬上就要打上課鐘了，善俞呢？」

「下節課下課時間我帶她來，她在八班。」

「好啊。」

沉在憂鬱情緒中，只想逃避現實。但除非能逃進死亡，要不然逃避本身也很痛苦。

所以我很想死，倒數日剩下的數字好像是用來考驗我還能堅持多久。

無論是過著沒有現實感的生活，還是過著自己以爲的現實生活，感受到的鬱悶或痛苦都是一樣的。

幾乎沒人會將憂鬱症者視爲一般普通的孩子。

即使說得再好聽，也只會給予同情或是特殊對待罷了。

就是這樣。

「今天第一節課上什麼？」

希望他能了解現在跟我說話絕對不是爲了我好的行爲。

「啊，聽說好像是要做什麼奇怪的心理測驗。」

「不要跟我說話。」

「直接了當的行不通，只好試著偷偷拉近關係啊。」

「放棄吧。」

「不要。」

我是眞心希望成敏不要跟我太靠近。如果只是拿孤單當藉口就交新朋友，這對我來說實在是太奢侈了。只是意志力不堅、容易放棄的我，終究無法堅持拒絕他。不管我接不接受當他朋友，難道他不知道受傷這件事，只能獨白一人承受嗎？

第一節課，老師說要進行心理測驗。

上課鐘響後，一位以前沒見過的其他年級老師走了進來，發了將近有三百道題目的心理測驗卷和自動閱卷答題卡給大家。

雖然很好笑，但我只想著趕快做完好睡一下覺，就把測驗卷打開來看。

- 我很悲傷。
  極少如此 ☑
- 我對日常生活感到滿意。
  總是如此 ☑
- 我經常覺得自己是個沒用的人。
  極少如此 ☑
- 我曾經認眞思考要自殺。
  極少如此 ☑

我沒怎麼費心思考，只是拿著專用筆塡寫答案卡，一格格畫上該有的回答。如果這種測驗有用，像允瑞這樣的年輕孩子還會死嗎？有哪個學生是因爲塡寫這種測驗而被發現有問題的呢？

去年、前年都做過相同測驗的允瑞，連一次都沒被找去教務處過。

本應花三十分鐘做的測驗，我五分鐘就畫完答案卡，剩下的時間就趴在桌上。

那天也好想回家。

大概是又想到允瑞了吧。

我很好奇允瑞在這些測驗塡了什麼答案？她是不是和我有著一樣的想法呢？

躺在床上時，周泫打電話來了。

雖然已經厭倦透了這樣繼續消耗情緒，很想假裝沒聽到、不接電話，卻又因爲對周泫感到抱歉的罪惡感，終究還是接起電話。

「喂！」

「秀雅，三年級怎麼樣啊？」

「還好，就那樣。」

「也太無趣了吧……妳本來不是這樣的。」

我有這樣嗎？

「那妳最近過得如何呢？」

「與考高中的戰爭搏鬥。」

「讀書不是最累的嗎？」

「讀書哪會是最累的呢……？雖然會有點壓力，但哪會比那些內心有苦衷的人還辛苦呢？只要少睡一點，乖乖坐在那邊念書就可以了。」

「這些都是壓力啊。」

「是啊，我覺得自己就像個念書機器。」

「妳爸媽呢？有跟他們說過壓力很大嗎？」

「當然講過啊，但他們說學生時期像我這樣只需要煩惱讀書的事，就是人生最有福氣、最無憂無慮的時期了；而我只要考上好大學、過好日子就是盡最大的孝道了。」

「也太悶了。」

「妳爸媽不會逼妳念書吧？」

「他們不太逼我。」

「超羨慕的。」

「還好啦……偶爾我也是會擔心自己的未來。」

其實根本不擔心，反正我就快死了。

「因爲妳也很聰明，如果覺得該念書，就會自己念書了。妳爸媽也很了解妳，所以才會放任妳。」

爸爸媽媽哪裡懂我了。

「是啊，妳乾脆也跟爸媽說多相信妳一點如何？」

「他們信任姊姊的下場結果是那樣，妳覺得每天只喊著私立貴族高中和ＳＫＹ*的人有可能聽我的話嗎？」

「妳的人生也太悲慘了。」

「現在才知道嗎？最近沒什麼特別的消息嗎？」

「嗯，沒有。」

其實很多。

「幸好耶，晚安啦。」

「妳現在就要睡啦？」

「我還要念書啊……」

「都已經兩點了，啊，也是。」

「晚安啦。」

「好，妳今天也稍微睡一點。」

「太焦慮根本睡不著。」

李周泫用極微小的聲音說，電話結束在幾近低聲細語之中。

爲什麼這世界要把我們這些孩子逼到如此地步？

跟妳聊越多，我就越覺得自己就像個說謊精，可是妳卻似乎安心了一點，我實在感到很罪惡。爲什麼罪惡感總是這麼容易和允瑞綁在一起呢？像是永遠切不斷的枷鎖一樣，緊緊勒住我。電話一掛斷就湧上，其實早在電話掛掉前就已湧上好多的憂鬱與不安感，幾乎要吞噬了我，根本用不了多長的時間。

我無法擺脫他人的偏見與標籤，他人對我的偏見很多，但最終這些全都是我自己創造出來的。

＊代表首爾大學、高麗大學、延世大學，韓國前三名校。

所有標籤化成顯而易見的傷痕刻在我身上，不是因爲想要顯露出來，而是想要切斷一切而劃出一條條線，最終受傷的還是我自己。

無聲默默流淚到入睡，起床時枕頭已經乾了。

好像做了什麼惡夢，眞是幸好全不記得了。

不想要自己去上學。

——靜亞，今天幾點去上學？

我和善俞八點半，要一起去嗎？

——我一起去的話，善俞會不會覺得不方便？

我問一下，等一下。

放下手機準備出門。

好想死。

D-269

今天感覺特別漫長。

書包大致準備一下趕緊出門，今天在爸媽醒來前就出門了。雖然我們家不是話很多的類型，但如果爸媽兩人都在家時，我會故意提早出門。

太陽還尚未升起，雖然天空的那一端泛著些許紅色的朝霞，但是灰濛濛的雲朵，很快就覆蓋了整片天空。

以憂鬱開始的一天，心情要怎麼好起來？忘了從哪聽說，一天開始的心態是非常重要的，但是如果每天都抱著想快點死去的心情，又要怎麼開始美好的一天呢？

在家附近晃一晃再去上學？還是乾脆早點去學校？苦惱了數十遍，結果因爲天氣太潮濕，所以我直接去了學校。神奇的是，時間還這麼早就已經有些學生到校了。我們班似乎也有人已經來了，門是微微開著的。

雖然我不是會熱情跟人打招呼的個性，但看到已經有人到了，內心很微妙地有些激動。我推開了教室的門。

「怎麼回事，妳這時間就來了？」

成敏坐在講台上看手機，見到我進來一臉吃驚的樣子。

「你怎麼會在這時間來學校……」

「我喔，沒事做就來了。」

我把手機放到保管盒後就坐到位置上打開書。雖然我不是很愛閱讀的人，但也不想在他面前顯得很散漫的樣子。

「什麼書啊？」

「關你什麼事。」

不知不覺間，成敏來到我座位前問，但我沒打算好好回答他。

「好厚的書喔。」

「……」

「今天天氣不怎麼好吧。」

我默不應答。

「喔，成敏，你來啦！」

「靠，你超早到的。」

「你不是比我還早來。」

正跟我說話到一半，成敏最熟的朋友走進教室。這個男同學啊，就我所知，也算是以長得帥出名的人。

「柳秀雅？雖然我們同班，但好像是第一次跟妳說話耶。」

「喔？啊……哈囉。」

「妳也都這麼早來嗎？」

「沒有，只有今天。」

「啊，是喔。」說完，他很快就和成敏走出教室到走廊上玩。

應該是出自禮貌才會跟我說話吧。我再次打開剛剛看的書。

成敏把手機擱在我書桌上就走了。

雖然心想「不用管手機，等一下他應該會自己來拿」，但出於好奇心，我拿起手機打開一看。

「怎麼會有人竟然連密碼都沒設？」

明知這樣做不行卻還是做了，但要是手機有上鎖，我根本連看的念頭都不會有，眞的。

不知道是不是因爲我很常使用備忘錄，一打開手機就先點進備忘錄。

「這樣做好像眞的不太好。」

我內心掙扎時，班長走進教室大聲嚷著：

「同學，把手機交出來吧！」

我急忙把成敏的手機正面向下蓋放在原來的位置。成敏走進教室到處找他的手機，直到與我四眼相對，似乎這才想起，便走過來把手機拿走。

我剛剛清楚看到成敏的備忘錄裡有我的名字。

直到老師走進教室，我隔壁的同學輕輕戳了我好幾次，我才回過神來。時間走得特別慢的第一節課結束後，我離開教室來到走廊上。此時，靜亞一臉「我正好要找妳」的表情，還用眼神示意我到別處說話。

「一起去廁所吧！」

「最近妳不和善俞一起玩嗎？只來找我。」

我這麼問是有點在開玩笑，同時也混雜了些許眞心。

「喔，劉善俞啊，她是那種見面聊天越聊越累的類型。」

「妳們兩個不是從小就很要好？」

「是很好啊，沒錯……」

靜亞像是要看穿鏡子似的盯著鏡子一邊補妝，一邊整理頭髮。

「你們班的轉學生眞的長得很帥耶。」

「成敏？」

「對，就是他。」

「是挺好看的。」

「應該沒人會是像妳這種反應。」

「是嗎？」

不管長得再怎麼帥，也不至於成爲同儕之間的熱門話題啊。

「他功課好嗎？」

「嗯……看起來好像沒特別好。」

「是喔？」

靜亞看起來心情不錯，還哼起了歌。

「我問妳喔，我這樣算漂亮嗎？」

「當然漂亮啊。」

不太光滑、有些顆粒的皮膚，雖然有雙眼皮但眼睛不算大，低且大的鼻子，要是實話實說，靜亞應該不是一般人所認定的漂亮臉蛋。

即使如此，還是要對彼此說妳長得很漂亮，這樣才是對的。

「那個，可以再多說一點善俞的事嗎？」

「喔……這不能跟別人說喔。」

「嗯嗯。」

「她啊，經常罵她的爸媽。妳也知道她會狂傳簡訊直到半夜，所以我聽得也很累……難道只有她有嘴、有手嗎？」

「罵她爸媽？罵得很凶嗎？」

「是吧？我覺得有些話就算對仇人也不會說，她竟然能不當一回事地說出口。聽她講那些，感覺她不對的地方也很多，真是個不懂事的孩子。」

「喔……謝謝告訴我。」

「沒啦，別說那個了，妳看我今天的妝化得還可以吧？」

「就跟妳說很漂亮啦。」

「謝謝，下節課休息時間見。」

「嗯，好好上課。」

最近靜亞越來越在意自己的外貌，不知道會不會變成壓力，這讓我有些擔心。

回到教室坐回自己位置，下一堂是音樂課。

「啊，是音樂課。」

「音樂有什麼魅力讓妳這麼喜歡？」

「我只是覺得歌很好聽。」

好痛苦，有人說聲音是最先被遺忘的，但我卻什麼也沒有遺忘，小至她的口吻，所有一切都根深柢固盤據記憶中，沒有一樣打算要離開。

上課了，我往教務處走，幸好班導師第一節沒課。

「老師，我可以早退嗎？」

「喔，秀雅啊，哪裡不舒服嗎？」

「因爲生理痛很不舒服。」

我摸一摸肚子皺起眉頭，老師拿了幾張紙給我。

「去醫院的話記得拿診療單，或是請爸爸媽媽在這上面塡寫意見，路上小心。」

「好，謝謝老師。」

回家的路上天空烏雲密布。

大雨像謊言一般從頭上傾盆瀉下，心情著實複雜。

至今我仍認爲允瑞會死全都是我的錯，打從一開始我就不該跟允瑞變熟，我相信若不是這樣，允瑞或許不會死。

眼淚滴落地上，一起滴落的雨滴中也能看到我的眼淚。

就連雨水也無法掩蓋我的悲傷。

就連天空也無法掩飾我的淚水。

我想這樣的悲傷不是渺小人類能夠掩飾得住的。不久後，聽到我早退消息的媽媽打電話過來。

「喂？」

——喔，對，我請假了。

——只是有點害怕。

——什麼？不是，不是因爲允瑞的關係。

——……是啊，也許吧。

——嗯。

——嗯。

——有必要嗎？

——不要。

——會有差嗎？

——做到最好也不過如此？

——……知道了，嗯，今天也會晚回來嗎？

——不用，沒必要提早回來。

——嗯，掰掰。

如果我的心需要治療，希望不是由別人來，而是由我親自修復自己的心。

眞心希望。

天空收拾烏雲的第二天，下雨後的第二天，空氣中瀰漫著特有的草味撲鼻而來。

「看，櫻花開了。」

我看著泛著淡淡粉紅的白色花朵說。可惜的是，我身邊只充斥著那股潮濕難聞的味道，以及沒有人可以守護在身邊的空虛。看著身旁，我嚥下了口水。

如果妳撐過那個冬天，會是怎樣的情況呢？眼前的春天與花朵是否能作爲禮物送給妳呢？還是，就連現在這一瞬間對妳來說都像是身處地獄？

又是遲來的悔恨，不停向著我，向著天空丟出一個又一個問題，我陷入了沉思。

那一朵朵沾染妳回憶的花朵，是如此熟悉而美麗。

「妳今天晚了耶？」

「沒有晚。」

「比上次晚？」

「那次是太早來。」

「是喔？」

「……欸，成敏。」

「嗯？」

能問這種事的人，除了成敏沒有其他人了。

「你……有接受過心理諮商嗎？」

附近好像有幾個同學聽到了。

「我們去走廊上講好嗎？」

「好。」

跟在小敏身後來到了走廊。儘管身在學校不管去哪都會有人，但是才轉學來不久的小敏竟帶著我來到人煙稀少的走廊盡頭。

「你怎麼會知道這裡？」

「偶然發現的。」

「喔……」

「總之，妳剛剛說的是什麼諮商？」

「心理諮商。」

「心理諮商也有分種類啊，是哪種？中心？醫院？還是電話諮商？」

「你都做過嗎？」

「能做的幾乎都做了。」

「什麼呀！」

「可是妳怎麼突然問這個？」

「……沒有啦。」

「好吧。」

成敏望著我的眼睛，我拚命避開他的視線，望向窗戶的盡頭。

「但我不推薦。」

這話出乎我意料之外，我轉頭直視他的雙眼。

「爲什麼？」

「這個嘛……反正就是那樣，在韓國我不推薦。」

「是喔。」

「回去吧。」

「你先回去。」

「爲什麼？」

「我怕被人誤會。」

「這有什麼……喔，好吧。」

小敏有些覺得麻煩地抓抓後腦袋，就往班上方向走去。等小敏走後沒過多久，我也跟著回到班上。

「吼喲，哪有人第一節課就上歷史啦！」

「靠，超討厭的。」

「但歷史老師人不錯。」

「只有老師不錯，進度實在太快，我完全跟不上。」

「同學，現在是考試期間吧？」

「啊——」

我也忘得一乾二淨，到處傳來哀號聲，還聽到不知從哪裡傳來深深的嘆息聲。

「你們現在已經不是二年級了，該繃緊神經了，不要粗心大意，好好準備，知道了嗎？」

「知道了。」

隨著早自習簡短的叮嚀後，班導就離開了。

第一節課開始前，我趕緊穿過走廊去靜亞他們班。很想再多問一下有關諮商的事，當然靜亞是因爲不知道我還無法從允瑞的事走出，所以才繼續跟我當朋友，但不管怎麼樣，我現在腦中思緒實在是太複雜了。

站在後門和靜亞四眼相交。

但靜亞卻轉過身，坐回自己的位置上。

啊，應該是因爲快上課了吧，我也轉身往教室方向走去。

❄ ❄ ❄

某個週末，媽媽預約了附近的醫院要帶我去。媽媽車上副駕的座位已不再像兒時那樣是令人感到開心的位置。就連媽媽也待我像是個精神病患，看來不管我怎麼解釋辯駁也改變不了現況了。我還一直相信在這世界上，媽媽比任何人都要了解我，但現在我只能徹底死心了。

一到醫院，馬上就被帶到某個房間，拿了和在學校裡做的測驗類似的問卷，塡好後，和醫生諮商了頗長的時間之後，終於拿到了診斷書。

病名一如預期，是憂鬱症，也有失眠症狀。

處方箋上有好幾種藥物，除了助眠藥和抗憂鬱藥，其他沒有一個詞彙看得懂，聽說是可以讓人暫時心情變好，抑制衝動的藥物。回到家中吃了飯，媽媽餵我吃藥，不是心情不好時吃，而是要週期性規律地吃才行。

吞下媽媽放進我嘴裡的藥，一回到房間馬上就催吐吐出來。

我才不想依賴這些藥。

隔了一週，某堂下課時間，我站在廁所洗手台前沉思。其他女同學走進來聊著天或是確認鏡中自己的樣貌。當時我也假裝洗手，並看著鏡子中的自己。

這時靜亞與善俞一起推開門進到廁所。我心想，靜亞明明嘴裡說很討厭善俞，兩人不知何時又變得那麼親密了。正當我對上善俞的視線，舉起剛洗好的手向她們揮動時，也不知道是否她們沒看到，兩人只稍稍停頓一下，又走出去了。

這回，我沒有可以安慰自己的藉口了。

旁邊傳來的笑聲，彷彿就像是在嘲笑著我，於是我轉頭一看，申佳延站在那群人的中心。

心情一沉變糟了，我趕緊離開廁所。

曾經相當討厭的同學死了，會因此覺得心情痛快嗎？

我可以很明顯感受到靜亞與善俞在避著我。其他同學也就算了，但她們兩個是我最信任的。

不管怎樣，我決定和她們兩個談一談。中午午餐時間，三人久違地一起見了面。也很有可能是我被害妄想，畢竟在認識我之前她們本來就很熟了。

開學才沒多久，怎麼又捲入這樣的事呢？

難道就不能放過我嗎？

與我緊張的心情相異，午餐時間就跟平時一樣，因爲三人都在不同班，所以約好了去沒什麼人會經過的四樓走廊盡頭見面。午餐時間鐘聲響起，但我卻無法從座位上起身，很擔心自己會不會眞的做錯了什麼？忐忑不安到都不知自己是緊張還是害怕了，甚至覺得自己心跳聲大到連旁人都聽得見，不過，最終我還是站起身來，前往約定的走廊。

「爲什麼叫我們來？」

「因為有些事情想要問一下。」

「什麼事？」

本來一開始想要直接問她們為什麼躲著我，但是一看到她們的臉，腦子便一片空白忘了原本想說的話，而且這樣問就好像是在質問：「妳們現在是在排擠我嗎？」

「我有做錯什麼事嗎？」

「秀雅嗎？沒有啊。」

「可是為什麼我覺得妳們好像有點躲著我……」

「喔。」

靜亞本來想說些什麼，但還是閉上嘴，兩人只是互相使著眼色。

最終善俞率先開了口。

「那個……」

❄ ❄ ❄

我被說像是個精神病患者，還是從每天玩在一起的朋友口中說出。儘管如此，從她們還願意告訴我這點來看，應該沒有要徹底疏遠我的意思。但是那句話還是令我感到震驚。好像是某個人跟其他同學說我是神經病，這事我無從辯解，只覺得無限挫折。畢竟就我看來，也覺得自己確實不太正常。這樣當然不能合理化罵我的行爲，只是我也不想指責她們。

善俞口中說的那人到底是誰，我怎麼也猜不出來。

但是「精神病患者」這句話卻始終縈繞在腦海不肯離去。

這幾天在學校裡，即使只是靜靜坐在位置上，都可以感覺到他人的異樣眼光，雖然實際上並沒有人看著我，我仍感到窒息。是因爲那些話的緣故嗎？我也知道自己這反應不太正常，卻難以控制自己的心情。

那天因爲待教室很煩悶便來到走廊。我什麼也沒想，就只是穿過走廊，卻聽到了熟悉的詞彙，是日常生活中很陌生的字眼，所以我轉過身去。

一群人的中心又是申佳延。我清楚聽見我的名字，但講的內容不是什麼好事，雖然只是一瞬間，但已經足夠知道是在講什麼了。

這件事可以裝作沒聽見就過去了，但我心想，如果現在不問個清楚的話，之後可能就再也沒有機會，所以身體動得比頭腦還快，我直直朝著申佳延走去。

「是妳嗎？」

「什麼？」

「跟靜亞還有善俞說，是不是妳在胡說八道？」

「唉呦，眞可怕，大家看看她說的話。」

「果然是妳。」

申佳延低頭看著我，彷彿在強忍住笑意地說：

「欸，要怪就怪妳自己有神經病，怎麼會怪到我身上呢？」

申佳延身邊其他同學也看著我，試著忍住嘴角的嘲笑。

「妳到底說了什麼？」

「我說了什麼？我聽不懂妳到底在講什麼耶？」

「王八蛋。」

眞心希望那張討人厭的臉，能有徹底扭曲變形的一天，眞想要賞她一巴掌、揍她一頓，於是我高高抬起了手。此時，有一隻大手用力抓住我的手腕，阻止了我。

「……放手。」

「這樣做對妳沒好處的。」

「就算我怎麼了，也要把這賤女人殺了再走。」

「冷靜點。」

成敏沒有要放開我手腕的意思。

「小敏，這種神經病有哪裡好，值得你這樣偏袒她？」

申佳延用嘲笑的口氣說，我身後的成敏嘆了一口氣後回道：

「妳眞是令人感到心寒。」

語畢，一直抓著我手腕的手，就把我拉離現場了。

成敏口氣相當不耐煩地說：

「妳現在到底想怎樣，這麼亂來？」

「你這樣抓著我的手，難道就不算亂來嗎？」

「這哪是手？是手腕吧。」

那麼認眞的模樣，是我到目前爲止從未見過的成敏。原本想要罵人的話，我也說不出口了。

「到底要去哪裡啦？」

「頂樓。」

「那裡不是鎖著嗎？」

「妳不是有鑰匙嗎？」

「……你怎麼知道？」

「我看到了，妳去頂樓。」

「起雞皮疙瘩了。」

「妳要這麼說，我也沒辦法……」

去頂樓，對我來說還是很可怕的事。什麼都搞不清的人，可以就這樣輕輕鬆鬆地邀約我上去嗎？

在允瑞過世後，這是我第一次和別人一起上來頂樓。每天獨自上來哭泣，又默默離開的空間裡，出現了我以外的人。

「妳爲什麼這樣？妳和申佳延之間發生了什麼事？」

「你認識她？」

「她是我表妹。我不是有給妳電話嗎？爲什麼不跟我聯絡？」

「我們又沒那麼熟。」

「爲什麼要躲著我？當個朋友有這麼困難嗎？」

「嗯，辦不到。不管是劉善俞，還是李靜亞都忙著躲我，最好的朋友又死了，李周泫卻還不知道黃允瑞已經死了。」

「李周泫又是誰？」

「不關你的事。」

成敏嘆了一口氣，看著我說：

「妳覺得自己現在能夠獨自面對這一切嗎？如果眞的不需要我幫忙，我在場只會妨礙妳的話，那我就放手不管妳。」

「……」

感覺好像又要再次失去支持自己的人。這麼說好像很可笑，但我眞的好害怕。

我是不是該伸手抓住成敏，請他不要離開我？

我眞的這麼迫切需要有人站在我這邊嗎？

「不會妨礙啦。」

好不容易開口說的竟然是這一句。

「那到底是什麼？每天都叫我滾開。」

「不是啦，我不是叫你離開。」

四目相交，此時他咧嘴微笑。

「需要我嗎？讓我站在妳這邊吧。」

爲什麼他這麼清楚知道我期望的是什麼呢？

「你想怎樣就怎樣吧。」

說不出溫暖親切的話，不知怎的就是有一種疏離感，現在似乎還不能擁有美好回憶，也還不能感到幸福，因爲那會讓我感到罪惡。眞是太奇怪了。

「爲什麼對我那麼親切？」

「因爲本質相同。」

「奇怪的傢伙。」

「我自己也知道。」

難怪我覺得他會永遠站在我這邊。

——秀雅，眞的很抱歉，雖然我可以理解妳，但靜亞對這好像還有點難以接受。我之後再跟妳聯絡。

善俞傳來的簡訊。一小時前收到簡訊時用預覽看了一下，本以爲她是要對相信申佳延的話而感到抱歉。即使善俞表現出像是憂鬱症的行爲，靜亞還是願意以一個朋友的角色留在她身邊，那爲什麼靜亞不能這樣對我呢？靜亞無法理解善俞那些行爲，甚至跟我在她背後說閒話，難道是發現我也是那類人，結果對我感到失望了？

不管是什麼，我都無能爲力。而且不管我怎麼做，也無法消除大家腦中的既定印象。聽說人腦很難辨識否定語句，也就是說比起「柳秀雅其實不是神經病」，大腦當然更容易接收「秀雅其實是神經病」這類訊息。

別因這些事而動搖，我內心這麼想。

儘管如此，我堅定的決心還是棄守了，夜晚又再度黯然落入憂鬱，只能躲在床的一角抽抽噎噎哭上好一陣子。在夜裡哭泣，大概是希望黑暗來掩飾我這樣渺小又令人寒心的模樣吧。有些夜晚，令人心碎的事情會接二連三浮現腦海，也有些日子，會被憂鬱侵蝕到不想起床。

把身體埋進被窩，被子蓋過頭頂，感覺到自己的呼吸又會吹回身上，憋得有些喘不過氣，甚至覺得熱到就快要流汗。

就這麼窒息而死好了，我用手掐住自己的脖子。感覺血液湧向頭部，剛開始會很痛苦，口水不受控地流下，之後卻覺得似乎沒那麼糟。手的力道再加一點，腳開始亂踢掙扎，眼珠也不受控地轉動。

手鬆開了，我艱難地大口大口喘著氣；流汗了，不知是冷汗還是因爲太熱而流的汗，不知名的液體沿著額頭流了下來。

怎麼會這樣？我並不怕死啊。

我眞的以爲我一點都不怕死啊。

另一種液體從眼角流下，連想死的念頭都顯得如此輕率嗎？我瘋狂痛恨這樣的自己。

❄ ❄ ❄

「媽媽，我跟妳說喔，同學們都很討厭我。」

「應該是妳做錯了什麼才會這樣，趕快跟人家道歉就好了。」

「可是我沒有做錯任何事情。」

「那同學爲什麼會討厭妳？」

「大概我就是個惹人厭的傢伙吧。」

「如果妳沒做錯什麼事的話，人家怎麼可能無緣無故討厭妳？妳眞的沒做出讓同學討厭的行爲嗎？」

「……眞的不是這樣。」

「盡量不要跟別人起爭執，大事化小，小事化無就算了。」

我不想再說了，默默回到房間拿出日記本。

五月十日——

越來越加倍的憎惡自己，對自己的每個行為舉止都看不順眼，甚至連鏡子中照映出我的模樣都看來可憎至極，恨不得立刻打破鏡子。我不想被情緒左右，但是這樣的我真令人心寒，為什麼我的能耐只有如此？難道我真是一個需要找各種藉口才值得被愛的人？說喜歡我而接近我的人，難道不是很虛偽嗎？明知道這些疑問會啃蝕我的身心，念頭卻一直盤旋在腦中。這一切也許是妄想，也或許單純只是我的猜想，但我對自己的人生何時才能擺脫不幸已是毫無頭緒。如今我深刻體會到幸福是一個多麼簡單卻又困難的概念。雖然最近沒有什麼可期盼的，但對於只有十五歲的我，未來是否也有機會出現「希望」之類的詞彙呢？

哀而不悲：

雖然內心悲傷，卻不將悲傷表現於外。

福輕乎羽

「到頂樓。」

小敏坐在我的書桌上。

「和你去？」

「嗯。」

「午餐怎麼辦？」

「不要吃就好啦。」

「好吧。」

莫名被不要吃午餐的話打中了。

直到現在爲止，像這樣踏上中央階梯，一階一階踩上去的感受還是很奇怪。雖然不想在意那些事，但還是無可避免會出現讓人喘不過氣的日子。只是今天完全不會，或許是因爲今天我並不是孤單一個人？

本來走在前頭的成敏一來到頂樓門前，就像是要我開門一樣，立刻閃到我的身後。雖然很無語，但我還是從口袋掏出了鑰匙。

「果然這裡最棒了。」

對我來說，這裡可不是什麼很棒的場所。不懂他到底覺得頂樓哪裡好？我們就這樣迎著風，被風吹拂了好一會兒，然後才在頂樓中央位置坐下。

「幹麼？坐下啊，妳想站著啊？」

「沒有。」

本來想要坐在他身旁，想了想，還是坐在稍微有點距離的地方。

「想跟妳聊聊，因爲有些事情很好奇。」

「不是已經聽其他同學講了很多關於我的事嗎？」

「難道妳想要我光聽別人的話，就來判斷妳這個人嗎？」

「你不也是其他人嗎？」

「如果別人也這樣說話，妳一定會受傷吧。」

「自己判斷吧。」

「就告訴我一些關於妳的事嘛，其他同學誤會了，或是他們不知道的事。」

「我是神經病沒錯。」

「妳是憂鬱症吧？」

「應該是吧。」

「那這樣就還不算是。我是正常人，妳也是正常人。」

「我以為你有憂鬱症。」

「我症狀差不多，但沒接受診斷。」

知道他和我的狀況差不多，這樣的話，輕易敞開我的心房也沒關係嗎？只告訴他一點點應該沒關係吧？

「我打算今年的聖誕節就要死。」

「是因為朋友死了，所以妳也要跟著她去？」

「你怎麼這樣說話？」

「要不然該怎麼說？」

「我原本就很想死，早在允瑞死之前就會自殘，也一直很想死。」

「所以契機不是因為黃允瑞囉？」

「要說契機聽起來滿奇怪的……只是自從允瑞死後，我發現原來人命如此輕如鴻毛。我想就連想死，或是鼓起勇氣去死，也都只是一瞬間的事。」

「妳的意思是說妳不害怕死嗎？」

「算是吧。」

「瘋女人。」

「哇……你講話也太難聽了。」

「我是因爲害怕有人死掉，所以不敢去想。」

「你的意思是，你也想死嗎？」

「嗯。」

「少騙人了。」

成敏有著任誰看了都覺得帥氣的外表，他的人生應該都是一帆風順才對啊。到底怎麼會有如此不知好歹的想法？

「我也很累啊。」

「帥到很累，你是指這種累嗎？」

我說完哈哈大笑。

「……第一次看到妳笑。」

「只是在你面前沒有笑而已。」

「原來是這樣，那現在離聖誕節還剩幾天？」

「一百九十八天。」

「沒剩多久耶。」

「我倒是覺得還好久。」

「這是妳剩下的日子耶？根本像倒數計時的大限之日一樣。」

「這樣說的話，的確是沒錯……」

「在死之前不是應該把想做的事全都做完嗎？」

「我倒沒想到這個。」

「現在可以想一想，先把所有想做的事做完再去死。」

這人怎麼可以比我更不當一回事地把這些話說出口呢？是因爲別人的生命更加渺小，所以不重要嗎？

「怎麼可以講得那麼輕鬆？」

「我叫妳不要死，妳就眞的不會去死嗎？」

「不會。」

「那我幹麼求妳？雖然希望可以跟妳當朋友、把妳留下，但我們終究只是不相干的外人，我當然希望妳可以活下去，但是如果說我想救妳，那就是太傲慢了。」

「沒錯。」

「所以啦，我會在不經意之間讓妳想要繼續活下去的。」

「你是說我會因爲你而想繼續活下去？」

「不是因爲我而活。如果因爲我而活，萬一沒有我的話，怎麼知道妳會不會又想去死？」

「那你要怎麼做？」

「妳以後會知道的，是就算不逼妳，妳也會自己想活下去的方法。」

奇怪的是，成敏的每句話都充滿信心，這些話表面聽似荒誕不切實際，卻又讓人莫名地想要相信。

那種語氣、那樣的眼神，讓聽著這番話的我，難以無視或忽略。

「不會有那麼一天的。」

那天，是我第一次將我的祕密說出口，而且對方既不是家人，也不是好朋友，只是個認識沒幾週的男生朋友。

❄ ❄ ❄

或許我有的只是一種模糊的信任。

那是一個極度厭世想死的夏天，就連呼吸都令我痛苦萬分，彷彿犯了什麼滔天大罪一般，連頭都抬不起來，只是一直低著頭想哭，眞希望有人可以幫我結束這一切痛苦，眞希望有人可以結束這永無止境的無邊憂鬱，我如此眞心期盼又期盼。

房間裡的門窗全都緊閉，點上好幾支蠟燭，關了燈，但是燭火明亮。不知是不是因爲這燭火會將我引向死亡，還是心情影響，但覺得那火焰竟比平時更加美麗。吃了一顆藏在房間角落第二格抽屜的助眠藥後，似乎覺得有點不太夠，又再多呑了兩顆。眞的無法入睡時一顆都沒吃過，只有在想自殺時才會吃，我心想，這樣吃也沒關係嗎？另一方面又覺得這樣反而更好，然後在環繞我的蠟燭中趴了下來，裊裊煙霧一絲一縷緩緩往上飄，隨後更加鮮明的煙霧往上飄去，看著煙霧我笑了，是相當苦澀的笑。直到藥效發作爲止，我隨便撕下一頁筆記，開始動筆寫下遺囑。舉起了筆，眞的很想要寫些什麼，可是想寫的太多，竟連一句話也寫不出來。如果把想說的話全寫下來，哪怕是通宵熬夜也寫不完吧，所以只能精簡再精簡。

哈囉，希望看到這封信時，我已經不存在於這世上了。希望大家都能在我的大體前哭泣，後悔再後悔，盡情悲傷痛哭吧，然後忘了這一切。希望能把我的存在從所有人腦海抹去，千萬別為了渺小的我感到痛苦。媽媽，我愛妳，世界上我最愛妳，直到最後一刻都這麼不孝，真的很對不起。沒能成為媽媽期待中的好女兒，真的非常非常對不起。可是我真的撐不下去了，沒有一天不感到悲傷，每一天都好想死。生活在這憂鬱世界的洪流之中，並不是件簡單的事，大家眼裡湛藍的天空，在我眼裡是陰暗的灰色。我非常非常討厭，卻又非常想念的允瑞，現在我終於要去找她了。爸爸，對不起，你應該不知道我是這種情況，但我要先走一步了。我還是對周泫感到很抱歉，卻也很感謝。要是這封信能被早一步離開的允瑞看到，我很想告訴她，我不是因為妳才這樣做的，我只是去了我原本就該去的地方而已。只是說不定妳也是這樣想的吧？因為在這與地獄無異的世界上，允瑞是我短暫的光芒，當光芒消失了，這世界就只剩下無邊無際的黑暗。對成敏也很抱歉，雖然你已經拚了全力想救我。對討厭至極只想詛咒她的申佳妍，又或是一直以來我十分感謝的靜亞與善俞，我都感到很抱歉。然而，我最最抱歉的人是，把生活過成這樣的柳秀雅。

漸漸開始頭暈目眩，且有些窒息，蠟燭已經點了超過一小時，時間在不知不覺中過了那麼久。原本只想寫一點點，但寫著寫著，就比我預期的還要多了。雖然開始頭痛，但幸好不知道是因為藥效還是蠟燭的緣故，所以覺得還可以忍受。接近死亡的門檻時，似乎終於可以擺脫一切的此刻，我感覺到幸福，但另一方面卻又感到心痛。

明天應該還能多活一天吧？

現在應該沒人會擔心我吧？

如果要在家裡這樣空虛地死去，那打從一開始又何必要設定D-day？不管怎樣都應該要活到D-day才對啊。

一根蠟燭熄了，不知怎麼的，突然有了想要活下去的想法，便把剩下的蠟燭全都熄滅了。

也把好不容易才寫好的一封遺書扔掉了。

既然在聖誕節那天會死去，那就盡全力活到那天吧。

喘著沉重的氣息，打開窗戶。

已經吞下去的藥將我引入睡夢中，又一次空虛地進入夢鄉，沒有死去。

只做到這樣的程度，該不是我在找藉口想活下去吧？禁不住苦笑了一下。

❄ ❄ ❄

去了學校，就到處是我討厭的和討厭我的人。雖然彼此之間並沒有深仇大恨，都只是想幸福地過生活，可是大家爲什麼只對我這麼冷漠無情呢？雖然覺得委屈至極，但我想裝作若無其事。只是裝作若無其事可不是件簡單的事，這世上沒一件事是簡單的。我什麼都不想思考只想休息，難道只有死了才能實現這個願望嗎？不能變得幸福的我，好想要得到幸福啊。

D-158

我撐得下去嗎？那天……在我預備死去的那天到來之前，我會不會先死掉？像昨天一樣，是不是該把家裡的蠟燭全都丟掉呢？本來還算是能帶給我心裡一絲平靜的東西，難道就要這樣捨棄嗎？

「欸，要不要去頂樓一下？」

「現在是當著其他人的面就可以直接說要上頂樓？」

「大家早就知道我們兩個到了午餐時間就會不見人影。不過，要是妳在意閒言閒語，那這陣子先不要跟妳講話好了？」

「沒差，沒關係。」

老實說，我並非不在意人們的閒話，但是不想爲了那些話失去現在唯一僅存的朋友。況且就算他喜歡我，也還不確定是對異性，還是對朋友的喜歡。

再次上來頂樓，熾熱的夏日也到了。

「現在上來覺得好熱喔。」

我嘟囔地喃喃自語。

「對耶，天氣一下就這麼熱了，地板也燙到沒辦法坐了。」

「有什麼好笑的，你怎麼可以每天都這樣笑嘻嘻的？」

「笑一笑不是很好嗎？」

「看起來是很不錯啊。」

「隨便聊點什麼吧。」

「嗯……」

「妳想談談允瑞的事嗎？」

「怎麼可以隨便談論已經去世的人？」

「是我失禮了嗎？」

「是不至於到那種地步……我和允瑞是八年的朋友。」

「哇，八年啊？」

「該說什麼才好呢？她爸媽已經過世了，跟外婆兩個人一起生活。我念師林國小，她們搬到我們學區來。」

「爲什麼搬來？」

「當時新聞鬧很大啊，允瑞的父母在聖誕節帶允瑞一起自殺……」

「什麼？太誇張了，簡直跟電影情節一樣。」

「因爲跟我家住很近，所以我們就變得很熟。小學的時候，還一起去過海邊。她是一個平常就算遇到不開心的事也不太會表現出來的人，但是在聖誕節卻突然自殺，而且還叫我過去。」

「她叫妳過去？去頂樓？」

「她拍了頂樓的照片傳給我。」

「爲什麼這樣做呢？」

「我也不知道，去年年初，我、李周泫和允瑞三個人總是在一起，去年年底則是和李靜亞、劉善俞四個人一起……」

「李周泫怎麼了嗎？」

「轉學了。」

「所以她不知道允瑞死了？」

「你怎麼知道？」

「妳上次因爲申佳妍整個人大抓狂時，喃喃自語說的。」

「我有這樣嗎？」

模糊的記憶中似乎眞的有做過這件事。

「簡直就是瘋婆子耶。」

「這程度還好吧？爲什麼李靜亞和劉善俞突然躲著妳？」

「申佳妍到處散布我有精神病的傳言，靜亞和善俞好像聽說了。善俞本來就有點時尚憂鬱症＊的傾向，所以靜亞很常在她背後跟我說三道四。」

「因爲時尚憂鬱症？」

「嗯，大概發現我也是同類型的人，所以她很驚慌，沒辦法再跟我一起玩吧。」

「這樣就沒辦法相處？但是卻可以和劉善俞玩在一起？」
「嗯。」
「太扯了吧。」
「這種事情也是有可能的。」
「那李周泫呢？妳沒打算跟她說嗎？」
「她姊姊原本念私立貴族高中結果離家出走，所以才會突然搬到大峙洞。」
「那跟這件事有什麼關聯？」
「因爲學業才搬家，父母連朋友死的消息都不讓她知道，這種情況下，我又有什麼資格妨礙她？」
「但是等她聽到消息後，肯定會強烈覺得妳背叛了她。」
「她沒有管道得知這件事。」
「如果是我，肯定會很不安。」

＊時尚憂鬱症，是指把憂鬱症當作一種時尚風氣，為了跟隨潮流、吸引關注而採取的「時尚」手段，也是將自殘照片上傳社群網站的現象盛行後所產生的新詞彙。

「每次跟她講電話，我都不安到快抓狂了。」

「那妳怎麼能夠一邊說那樣的話一邊笑呢？」

「那又怎樣？」

「原來妳身邊幾乎沒有可以幫忙的人啊。」

「是啊。」

「我也差不多，所以不敢隨便同情別人。」

「我根本沒期待過這種事。」

「很好，繼續保持這種態度活下去，我才不需要你們那些同情咧。」

「你知道這種話是在貶低身邊的人吧？」

「只要放在腦子裡想想就好。」

「也是。」

聊著聊著，我也不知不覺笑了。好久沒這樣笑了，嘴角並沒有完全上揚，甚至是沒有發出聲音的笑，只是覺得心情還不錯。

但無可避免的是，越聊越覺得自己的處境很悲慘。我以前從沒跟人說過，更別提對自己的情況做什麼整理了。

❄ ❄ ❄

曾經希望能被所有人喜歡的我，在不知不覺中被所有人討厭，這眞的令我太傷心了，難道沒有人會喜歡我嗎？彷彿連神都放棄我了一般。

從房裡走出來，看到媽媽正在洗碗的背影。

「需要幫忙嗎？」

「不用，沒關係。」

「媽媽。」

「嗯？」

「媽媽妳愛我嗎？」

早知道不要問了。媽媽一臉這是理所當然有什麼好問的表情，只是嘴角輕輕笑了。我用顫抖的手抓住媽媽的衣角，低垂著頭問：

「怎麼什麼話都不說……？到底愛不愛我？」

「哎呦，怎麼啦？當然愛啦。」

「爸爸呢？爸爸也愛我嗎？」

「當然啦，父母愛子女是天經地義理所當然的呀。」

聽到這話我才抬頭看。媽媽的臉顯得非常平靜，在那晃動的瞳孔中映照出我扭曲的臉孔……不想再看了。

「爲什麼沒人愛我呢……？」

話已經溢到嘴邊，卻硬是吞了下去。感覺不到任何的愛意，不管在任何地方都是，媽媽明明就說愛我，但我在媽媽的聲音或懷抱中，卻無法感受到任何溫暖。

「我眞的是一個壞孩子，媽媽……」

「妳這孩子怎麼突然……這世界上哪有像我們家秀雅這麼乖的女兒啊。」

即使我的視線已經差不多可以平視媽媽了，但到現在我仍想撲倒在媽媽腳邊，抱著她的腿哭泣。

想要回到媽媽是我的全世界那時期，這樣就能夠依賴著她放聲哭泣。

我總忍不住想要依靠個什麼，朋友、父母，某個時間或某個季節。如果一直依賴的對象消失，我會崩潰嗎？還是會去尋找其他對象？如果妳是我所依靠的季節，我得到的回應卻是刺骨寒風。既然如此，我想要依靠百花齊開、最溫暖、滿是芬芳清香的季節，但是我的處境卻不允許，好委屈，眞是太不公平了。但這一切既是我的命運，又像我的報應，今天似乎也是這樣的一天。躺在沙發上，頭髮亂七八糟，痛苦地喘著氣，努力想要哭出來。

我的心已經全部倒空，沒有餘力再對任何人付出，胸口變得空蕩蕩的。即使心痛，也只能就這樣痛著，內心深處的悲傷，也只能就這樣悲傷著。不知不覺眼淚簌簌流下。

以前每當我很難過的時候，妳都會走過來，安慰我說這不是我的錯，並帶點笨拙地輕拍我肩膀。但現在妳不在了，所以我只能傷心。即使我想像著妳的安慰，也無法獲得安慰，我最終只能獨自一人窩囊又淒涼地待在這偌大的房子裡。

「我好想妳。」

妳看到了嗎？如果聽見我的呼喚，請擁抱我，即使只能穿透身體無法接觸，也沒關係。若是聽見了，請用妳那永恆的溫暖擁抱，抱抱我。

那麼我會去尋找活下去的勇氣。

妳現在是抱著我的嗎？

我，繼續活下去也可以嗎？

八月十七日——

其他什麼的，我都不管了，拜託請讓我死了吧。我真的很努力撐著堅持活下去，但這次就讓我走了吧。請告訴我，直到死前妳都會緊握我的手，妳會一直溫暖地擁抱我。拜託了，不論什麼痛苦都沒關係，死的時候非常痛也無所謂，拜託請告訴我現在可以休息了，告訴我現在死了也沒關係。我實在沒辦法接受自己竟然只有這點能耐。希望我幸福的那些人們會知道只有去死才是我最大的幸福嗎？

允瑞，我好想好想妳。

幾天後，期待已久的雨，像是要一吐怨氣般下個沒完。剛開始還會抱著今天可能放晴的心態查看氣象，但也只有一、兩天，後來就不再確認，放棄掙扎每天乖乖帶傘出門。

梅雨季到了。

「我出門囉。」

❄ ❄ ❄

「今天也沒辦法去頂樓吧。」

「是啊，找不到其他地方了。」

小敏有些煩躁地癟了癟嘴。

「嗯……要不然還是去頂樓？」

「那邊不是都積水了？」

「應該還不到那程度吧。」

「好啊，走吧。」

其實我內心也有點想要淋雨，所以乾脆去頂樓。

打開頂樓的門後，是不大不小的涼爽小雨。這程度的綿綿細雨，淋一下應該也沒什麼不好吧。我是沒關係，但不知道成敏會不會介意，所以還是開口問了一下。

「你會不會很容易感冒？」

「有點？但沒關係。」

「如果覺得冷的話就說。」

雖然是梅雨季但雨不大，我們淋著雨時，成敏笑著說：

「我們這樣好像在拍青春偶像劇喔。」

「什麼偶像劇，你知道這種話只適合你吧。」

「竟然如此稱讚我？妳喜歡我啊？」

「欠扁喔。」

「好凶喔。」

並肩站著看著天空，雖然天空廣闊卻讓人有壓抑感。不知爲何，下雨天總是讓人感到垂頭喪氣。

「青春這個詞，不覺得很美嗎？青澀春天。」

「春天爲什麼是青色？」

「柳秀雅妳很煩耶。」

青春。

青春並不像是青澀的春天。對我而言，這段時期的記憶是由漆黑又血紅的日子組成，我寧願看不見自己的青春。

「妳在想什麼？」

「在想死。」

「想要現在跳下去嗎？」

「如果眞的跳的話？」

「我會抓住妳的。」

「之前不是才說會讓我靠自己的意志繼續活下去？現在抓住我的話，不就成了靠著你的意志讓我活下去了嗎？」

「首先，現在最重要的不是應該先救活妳嗎？」

「現在我不會死。」

「那就好。」

就算我想死，也想選在閃亮亮明媚的好日子死去好嗎？我的最後一天，擁有這程度的回憶應該是可以的吧。

❄ ❄ ❄

「我回來了。」

「秀雅回來啦？」

「喔？媽媽已經回來啦？」

「今天事情比較早結束。還沒吃飯吧？要不要弄給妳吃？」

「沒關係，我吃飽才回來的。」

「回家吃飯嘛，怎麼在外面吃呢？」

「跟朋友一起吃的。」

「嗯，知道了，先去洗手吧。」

「好。」

午餐、晚餐都沒吃，但是我對媽媽說謊了，最近完全沒有一點食慾。其實我是對大多數事情都感到無力，就連肚子餓也只有一下下的感覺，出現一會兒又消失了，所以幾乎都沒吃，也完全不在意。

悲傷的事情明明漸漸平息了，但我的心在平靜時，卻比事件席捲而來時更痛，我不斷懷疑自己是否可以獲得幸福。

❄ ❄ ❄

晴朗的早晨，放暑假前的結業典禮。我跟其他同學一樣，因爲可以好一陣子不用上學而感到十分興奮，所以很早就醒了。我比平時更早就出門上學，看到好多人集中在走廊中央。一大清早我就被吵雜喧鬧的人群吸引走了過去。

「小敏，慢慢……」

是成敏，總是帶著笑意的眼角，現在無力地垂下；眼珠幾乎要整個翻了過去；臉頰也被不知是眼淚還是口水的液體覆蓋。他一隻手緊緊抓著朋友的衣角，辛苦地喘著氣，很難說這樣算不算是在呼吸，他彷彿隨時都要暈厥過去。

「現在豈是袖手旁觀的情況？沒有可以幫忙的人嗎？」我在心裡吶喊著。對我而言，穿過人群去出手幫助終究是奢望，人群一點一滴聚集在一起。

「藥……書包前袋。」

聽到成敏艱難地吐出這幾個字，最靠近的一位同學立刻往班上方向跑，帶回了小顆的藥丸。好不容易吞下藥的成敏被一位老師帶到教務處後，其他同學就一轟而散了。只剩下我一個人，在人群散去的地方呆呆站著。人會痛苦到如此程度嗎？我就這樣呆站了一分鐘後才有辦法邁開步伐。

「秀雅。」

第一節課下課時間，聽到從後面傳來靜亞叫我的聲音，我轉過身去。

「對不起。」

「有什麼好對不起的。」

「只聽別人的話就隨便批判妳，明明知道自己這樣做，就和其他人沒有什麼區別……」

「算了，沒關係。」

「可以……原諒我嗎？」

「嗯。」

雖然不是很想原諒她，但我也沒有老死不相往來的想法。好像有人說過，這種時候接受道歉才是最安全的做法，是媽媽說的嗎……？

「放假好好休息，我們開學後見吧。」

「好，再聯絡喔。」

還沒有切身意識到青澀夏天的來臨，暑假就到了。在這段不用上學的期間，我該怎麼面對越來越多複雜的思緒呢？

想到一個月都不用來上學，心情並不是完全開心。邁開腳步往頂樓走去，成敏會不會在那裡呢？

「你怎麼在這裡？」

他當然會在這裡啊。因爲陽光太耀眼，成敏瞇著眼反問我：

「妳呢，怎麼來了？」

「想要思考一些事情。」

「我也是。」

坐在先到的小敏身旁，太陽火辣辣地直射頭頂。中午日照直曬四下看不見影子，也難怪天空顯得更加蔚藍，樹葉綠意也更濃了。

「暑假要做什麼？」

「待在家吧。」

「白問了耶。」

「你呢？」

「我不是在家就是去補習班吧。」

「補習班啊……」

「妳想去補習嗎？」

「不想。」

「有什麼難過的事嗎？」

「想起了允瑞的事……啊，對了，剛才靜亞跟我道歉了。」

「什麼？」

「靜亞說之前隨便批判我，她感到很抱歉。」

「那妳原諒她了？」

「嗯。」

「妳爲什麼要接受？怎麼不乾脆嗆她，不要自以爲妳懂我。」

「願意理解我的朋友也沒幾個了。」

「她覺得她懂妳？」

「有沒有到那程度，我也不知道。」

「我從以前就很好奇，想起允瑞的時候，什麼讓妳最難過？」

「最難過的是罪惡感吧。」

「什麼事讓妳有罪惡感？」

「是不是因爲我才做出這種選擇……如果我可以早一點發現的話，是不是就可以救回她？如果我再跑快一點，是不是就可以抓住她？如果有機會面對面，不管說些什麼多少都會讓她有點動搖吧？或許這樣就可以救回她呢……之類的。」

「妳不是說妳一到頂樓她就掉下去了？那根本沒時間勸她，妳也盡全力奔跑了。做到這種程度，可以看出那天允瑞就是下定決心要死，哪裡還能救得活？」

「國中二年級的學生即使下定決心，又會有多堅定？世界上哪有幾個人是真的不怕死的呢？我應該可以讓她的心意有所動搖。」

「就算妳再自責也無法改變什麼。雖然可以理解這個想法，但希望妳可以不要那麼痛苦就好了。而且我想，妳這個樣子也不是她所希望看到的。」

「她就是希望看到我被罪惡感折磨而痛苦，所以那天才會叫我過去，不是嗎？你看看，去年排擠允瑞的申佳妍一點罪惡感也沒有，每天都過得很好，不是嗎？爲什麼要讓我看到她死？」

「所以妳覺得她是爲了讓妳有罪惡感才叫妳去的嗎？」

「大概吧……除此之外，我想不到別的理由了。」

「那個叫允瑞的朋友有這麼恨妳、討厭妳嗎？要讓妳一輩子活在陰影裡嗎？難道她不是想要向妳求救？」

「那我一到她就掉下去，這又要怎麼說？」

「我也沒經歷過，我怎麼會知道。」

「……」

呆呆望著允瑞當時墜落的位置，所有一切依舊歷歷在目，冰冷的手腳、快要撕裂的肺，和無法抑制的眼淚，如今全都記憶猶新。

如果這一切全都只是我的白日夢該有多好。

「你呢？沒有讓你痛苦的事嗎？」

「妳早上也在那吧？」

「今天比較早到學校。」

「發病一開始就看到了嗎？」

「沒有，中途才來，眞不懂他們，有什麼好圍觀的？」

「因爲很有意思啊……的確也有人會擔心，但卻無能爲力……」

「是這樣沒錯……」

「別擔心，我都有帶緊急藥物，而且這也不是經常發生的事。」

「總有一天要告訴我你的事喔。」

「總有一天會告訴妳的。」

「我想去海邊。」

「那就去啊。」

「但沒人跟我一起去。」

「我跟妳一起去啊。」

「就我們兩個？」

「我是沒差。」

「嗯，我也是。」

每當人生很痛苦時，我都會想起一些閃閃發光、色彩繽紛的回憶。這些閃亮又美好的記憶光是存在我心中，就讓我感到安慰與激動。雖然只是片刻，卻讓我的心中、眼睛、腦海都染上了色彩。或許在我的記憶中，最美麗的回憶是落日夕陽、某一片天空、沾染紅霞的大海，還有我曾深愛著、帶著燦爛笑容的某人。那時，最想念的是某人細細的聲音與拍打岸邊的海浪聲，還有握著我的那雙手傳來的溫度，那天吹得剛剛好的風，也令我格外想念。所有記憶越是回想越是快速地消失。如今的痛苦是再也聽不到那人細細的語聲，連一絲一毫都沒有留下，即便現在再聽到浪濤聲，也不覺得像當時聽的那般溫和輕柔了。

❄ ❄ ❄

這是趟毫無計畫說走就走的旅行。而且我竟然是跟一個男孩來搭ＫＴＸ＊，連和媽媽都沒一起搭過耶。

「車程要兩小時，累的話就睡吧。」

「喔，是喔。你要睡嗎？」

「我昨天睡很飽了。」

「如果覺得無聊的話就叫醒我。」

「嗯。」

不舒服的座椅，以及不太自在的情況下，本來以爲自己會睡不著，但因爲一直都沒睡好，這時反而睡著了。

「欸，柳秀雅，快到了，醒醒。」

才閉上一下下眼睛，就聽到小敏的聲音。

「喔……？中途就該叫醒我啊。」

「妳看起很累嘛。」

「你怎麼會知道。」

「就是知道。」

「大海耶。」

湛藍的粼粼波光就在眼前，彷彿伸手即可觸及的輕柔波動。天空蔚藍到讓我分不清水平線在哪。海浪拍打上岸，一波波浪潮覆蓋在沙灘上，激起白色水波蕩漾，大海深處捲來的波濤既暗沉又美麗，這正是我想要看到的景色。一片無涯無際的道路就在我的面前，所有一切都美麗地呈現在我的面前。

「長袖不熱嗎？」

「很涼啊。」

「這裡除了我沒有其他人，穿短袖就好了。」

「習慣了，習慣了。」

梅雨季結束後，突然變得相當炎熱的夏天，如同蒸籠一般熾熱，但是隨著波濤

＊韓國高速鐵路。

一起吹來的海風，讓人忘了現在是盛夏。

「在想什麼？」

「我覺得這世界眞是遼闊。」

「喜歡嗎？」

「喜歡啊，好像我所感受的一切都變得沒什麼了。」

「幸好是這樣。」

「你喜歡嗎？」

「嗯，喜歡。」

「在想些什麼呢？」

「在想妳在想些什麼。」

「說什麼呀。」我微微笑了笑。

「眞的啦。」小敏接著說：「除此之外呢？」

「嗯……想活得像這片大海一樣吧？」

「像大海一樣？」

「嗯。」

「那是什麼意思？」

「既來之則安之，來了就接受，該走的就放手讓它走。雖然不能讓每一瞬間都有陽光映照顯得美麗耀眼，但只要照耀到我的時候，我就盡全力閃耀光芒。颱風到來時不要讓水聚集，讓它滿溢出來，我想……那樣的話，是不是生活就可以輕鬆自在點呢？」

「怎麼……聽起來很有文學性？」

「是嗎？很感性吧。」

「能用言語表達的就是文學嘛，找到了，妳的才能。」

「是這樣嗎？這也叫才能嗎？」

「原本微不足道的東西找到了它的用處。」

「你知道你這樣講眞是有夠搞笑的。」

「我知道。」

「要不要下去海裡玩水？」

「可是沒多帶衣服耶。」

「我知道啊。」

「那你幹麼問？」

「因爲如果妳想到海裡的話，我也得要進去啊。」

「爲什麼？」

「只在旁邊看的話，那我多無聊啊。」

「說的也是。」

一來一往拿著瑣碎小事拌嘴開玩笑時，腦中出現了這樣的想法——我那些已逝去的時光是美好的嗎？或許那些本該幸福的時光，被染上了一層灰色而失去了光彩；或許造成如今這樣的局面，不是因爲允瑞、也不是因爲申佳妍，而是因爲我自己。如同醫生所說，如同所有人所說，只要我改變想法的話，或許一切就會變得不那麼糟糕吧。

那時我才開始後悔，惋惜那些已經逝去的時光。

對於無法回到過去的我，不禁自責起來。

但是那只會讓我覺得更苦。所以，我向過去的那些日子道歉。

向沉寂的夜晚、向沉寂的白日，向那些全都陷入沉寂的日日夜夜，說一聲對不起。

「我們泡泡腳就好？」

「……好啊。」

都怪我讓無法重新來過的青春不再閃耀，都怪我沒有好好享受那些本該青澀的日子。

我不知道自己會後悔，因爲那些被我視爲理所當然的事其實並不理所當然。

聽到人家安慰說崩潰也沒關係，就當眞了，然後也就眞的崩潰了。

我似乎製造了不該存在的美好回憶，這是我頭一次對自己的憂鬱感到好懊惱、好後悔。

「怎麼又哭了？」

成敏從口袋拿出手帕遞給我。雖然接下了手帕，但是不好意思拿來擦淚，所以只是緊緊抓在手中。而他只是不發一語地靜靜看著我。

「什麼時候要回家？」

過了好一陣子，我才冷靜下來不再哭泣，開口說：

「看完夕陽就回去吧。」

「好。」

即使衣服沾滿了沙子，我也絲毫不在意地坐在海邊。一波波不規律的波濤潰散時，破碎的浪花留在了腳邊。當海水再次退去時，我的腳似乎也會隨著細沙一同被帶走，好喜歡讓人可以放空的這片自然景色。

「你不痛苦嗎？」我小心翼翼地問。

「很痛苦。」

「那我就不追問了。」

「謝謝妳。」

如果這樣也算的話，這就是我的體貼。反覆的波濤聲讓人覺得很舒服，拚盡全力沖刷上來後，波濤最終還是潰散了，看似還能上升的水流，最終沒能越過任何界線。

「太陽漸漸落下了。」

「現在幾點了？」

「六點半。」

路燈下，我的影子分裂成兩半。眼睛脹脹的，好疲倦。不知道是不是中暑了？我渾身無力又覺得一身髒，眞想趕快回家。就是因爲這樣我才討厭夏天，也很不喜歡光線在我身上留下的曬痕。但在模糊的視野中，波浪輕輕搖晃著。

或許，這樣會好一點吧。

「再過一小時，太陽就完全下山了。」

「妳喜歡夜晚的海邊嗎？」

「雖然很喜歡，但是太晚回去的話媽媽會擔心。」

「那可不行。」

我們看著夕陽漸漸沒入海平線中。

「……剛剛哭是因爲在想什麼？」

小敏問，但這時的他並沒有看著我的雙眼。

「剛才……我在想，我變得幸福也沒關係嗎？」

「是第一次思考這個問題嗎？」

「嗯，第一次思考這件事。」

「對妳來說，這是美好的一天啊。」

「就算我哭了？」

「哭了又笑，才是美好的一天啊。」

「通常笑才是美好的，不是嗎？」

「不懂人情世故，只是一味地笑，那樣會讓人感到有點壓力。」

「你在說什麼啊？」

「反正就是這樣啦。哭了之後擦乾眼淚，克服了困境，才能笑得出來，這是人類才能做的事情。」

當時我還未意識到這些話會成爲我所有事情的轉捩點，只是一心好奇著，在夕陽裡、在落日餘暉中粼粼閃爍的海洋無限美麗之際，我心中擁有的那些思緒是否也能顯得美麗？現在身在小敏旁邊的我，乍看之下也會顯得美麗嗎？

只是漸漸變亮的天空和那道光照射下的海洋無限美好，我心中擁有的思緒也能美好嗎？此刻和小敏在一起的我，乍一看之下是否也會顯得美好呢？

被「美好」一詞深深吸引，腦海中也充滿著這樣的想法。

回程的火車上，我也一直不斷想著「今天算是美好的一天」嗎？那時太陽已落下，小敏和我也沒怎麼想要聊天，再加上雖然只是泡泡腳，卻相當疲倦，因此一直處在似睡非睡的狀態。

——我有東西要給你，看到簡訊的話，我們碰個面吧。

第二天早上一睜開眼就看到這封簡訊，半夜傳來的內容竟不是「今天很好玩」，也不是「回到家了嗎？」。

——我現在出門。

就只揉了揉眼睛，一臉蓬頭垢面，邋遢地前往學校附近的公園。

「來得眞快。」

「蓬頭垢面像個乞丐就出門了。」

「那又怎樣。」

幸好小敏也是看起來一臉倦容，沒怎麼打理就出門了。

「你要給我什麼？」

「啊，這個。」

小敏手中有一張護貝的幸運草。

「幸運草？這不是四葉幸運草啊，怎麼了？」

「昨天回家後想到妳。」

這種話通常是戀人之間送花時會說的話，本來我想這樣說，但後來只是笑著。

「三葉幸運草的花語是幸福啊。」

小敏將三葉草放在我的手中，和我一樣笑著。

「希望妳也能以有意義的方式，看待這隨處可見的幸福。」

人們為了尋找四葉幸運草總是任意踐踏三葉草，也就是為了獲得幸運而無視隨手可得的幸福，這個道理聽過許多次，我第一次聽的時候也沒怎麼多想。

但現在再聽到這些話，不知為何那其中深遠的意義特別觸動我，讓我感到一陣悸動。

「為了要給我這個而特別叫我出來嗎？」

「嗯。」

「謝啦。」

「不會啦。」

我看著手中的幸運草，想到摘下幸運草，將它曬乾又護貝的小敏，忍不住笑了出來。

「我會好好珍惜，不會弄丟的。」

「弄丟也沒關係，再做一個新的送妳。」

「幸運草嗎？」

「幸福。」

像個救贖者一樣的你，爲什麼要對我這麼好呢？

「謝謝。」

最不想弄丟的就是這份幸福。至於爲什麼並不重要，而是我現在連最微不足道的幸福也不想錯過，更何況是這份微小但卻很特別的幸福。

小敏說補習要遲到了，所以先離開。而我覺得就這樣回家有點可惜，在公園晃了兩圈後才回去。

❄ ❄ ❄

「秀雅，跟媽媽聊一下好嗎？」

「好。」

和媽媽坐在廚房的餐桌前，本來想和爸爸也一起聊聊，但是出差時間又延長了，家裡只有我和媽媽兩人。

「最近在學校過得好嗎？妳有因爲允瑞的事而被別人排擠嗎？」

「有。」

「妳被排擠？」

「不是，不是這樣，有傳言說我有精神病。」

「那些孩子在說什麼啊，怎麼能說妳有精神病？妳只要跟他們說『不是』不就好了嗎？」

「我天生就是這樣，不管我說什麼都不會改變，如果說不是的話似乎也不太對，媽媽不就是想要這樣嗎？」

「天下哪會有父母希望自己的女兒被排擠？」

「我不是說過，如果我吃了藥就眞的會變成精神病患，所以才不要去醫院啊！媽媽有把我的話聽進去嗎？妳就不肯聽啊！即使我去看了醫生，但是只要沒吃藥，我至少可以靠這樣的方式來安慰自己我不是精神病患。就算其他同學說我什麼，我也還能抬頭挺胸光明磊落過日子。這些我不是跟媽媽說過嗎？可是連媽媽也說我是神經病啊，怎麼現在妳又說不是了呢?!」

我哭著吼著。本來是不想哭的，但眼淚卻不住地流下來。長大以後我就沒有對媽媽大吼過。

「媽媽也是盡心盡力了，妳還要我怎麼做？」

「只告訴我解決方法，這樣就算盡力了嗎？媽媽一點都沒有試著體會我的感受。」

「妳以為這很簡單嗎？要我聽比我小幾十歲孩子的話，還要感同身受？」

「不是，我不是要這樣！我跟媽媽說這些時，哪怕一次也好，可是媽媽從來沒有跟我說過『妳肯定很難過吧？』，也沒有告訴我這不是我的錯。」

「我難道沒說過嗎？」

「對，不管我說什麼，媽媽就只會叫我忍耐。不管我是被排擠，還是被別人罵，媽媽只會叫我忍耐。」

「秀雅啊，那因為媽媽在這世界上的經驗比較多啊，這種時候如果妳生氣、報復的話，只會讓事情更複雜、更痛苦。」

「就算這是事實，就算媽媽說的都對，難道就不能對我說『不用忍耐也沒關係』『妳一定很難過吧』『是哪個壞蛋欺負我家女兒，眞是壞透了』，難道就不能站在我這邊，一起罵他們嗎？」

「那些事情跟朋友一起做也可以啊……媽媽提供給妳的是更實際的方式。」

「媽媽不是就想要當個像是朋友的媽媽嗎？什麼才是正確解答，我自己最清楚！每次吵架不都是我忍耐讓步嗎？」

「不是每件事都叫妳要忍讓啊……如果不合理的話，就要反擊啊。」

「這種事情媽媽什麼時候告訴過我？」

「……」

「媽媽除了說要忍耐，其他什麼都沒教過我啊。」

「媽媽是……」

「所以，無論有多委屈的事情，我就只能一直忍耐，所以我才會自殘，難道媽媽不知道嗎？」

「好，媽媽知道了，媽媽眞的很抱歉。我會努力去體會妳的感受。」

要學習的不是只有子女，有時候也要告訴父母，才能讓他們明白。對於那天我所說的話，我並不後悔。

❄ ❄ ❄

「想要過著沒有情緒的生活。」

以爲成敏嘴裡絕對不會吐出這種話，所以我聽到之後嚇了好大一跳。他不是總是珍惜所有的情感，認爲什麼都很美好的人嗎？但是就像成敏總是隱藏眞正情緒那樣，我也藏起自己的情緒，泰然地回答：

「我努力過了，但很難。」

「沒有情緒地生活會是什麼感覺？」

「哪有可能沒情緒？我又不是心理變態。」

「喔，嗯……可是排除情緒活著，又會是什麼感覺呢？」

面對小敏的疑問，我必須要找出我自己想要沒有情緒的理由。

「生而爲人活在這世上，比我想像的還要辛苦，感受、思考自己的情緒是非常痛苦的一件事。」

「難道人之所以爲人，不正是因爲這樣嗎？去感受、思考，覺得痛、再來悔改、然後開心。」

「實在太討厭當人了，眞想當一個機器人，所以就這樣一邊想、一邊哭……好像是這樣才下定決心的，我以爲沒有情緒的話，會活得比較舒服。」

「但看來似乎並沒有比較好？」

「嗯……是啊，並沒有。」

我笑了，哈哈大笑地說。我想了一下，這句話實在太屬於青春期，太像個孩子了，所以自己都有點吃驚。

「得要重新好好思考一下才行，情緒果然很珍貴。」

雖然這句話好像是拐個彎說給我聽的一樣。

❄ ❄ ❄

突然想到，似乎活不了太久。這念頭閃過了腦海。雖然不知道是不想活下去，還是無法活下去，但可以確定的是，那時的我每一天都迫切地想死。

我來到公寓頂樓。

就算是一直想著悲慘的回憶，也流不出眼淚，就算回想允瑞死去的那個聖誕節，也一點感覺都沒有。當我越過欄杆搖搖欲墜地站著時，心想如果能就此結束的話，應該會很痛快。

是我對所有情緒都麻木了嗎？所以就連這種最一般的恐懼感都沒有嗎？

面對掉下去就會死的情況，我一點也不害怕；反而覺得隨時掉下去也無所謂的自己，令我感到非常害怕。

不恐懼死亡這件事，其實比我所想的還要殘忍、可怕。

但更可怕且令人悲傷的是，到了 D-day 無法死去只能繼續活著的這件事，畢竟等到 D-day 就行動，是我目前活下去的唯一理由。

電話響了，又是李周泫。我草草勉強整理了自己的情緒，接起電話。

「喂？」

「哈囉！」

「怎麼搞的，李周泫妳不忙嗎？」

「我難道只會念書嗎？」

「是沒錯啦……」

「閉嘴啦，那妳在幹麼啊？」

「我也要念書啊，有什麼辦法？」

「天啊，柳秀雅竟然要念書？」

「妳有什麼意見嗎？」

「誰有意見了？只是覺得很神奇而已。」

「哪有什麼好神奇的，我也是學生。」

「可是妳去年是完全沒念書耶。」

「是沒錯。」

「問題是黃允瑞這傢伙怎麼沒消沒息，一次都沒聯絡啊？她有跟妳聯絡嗎？是轉學了嗎？」

「沒有，還在我們學校，過得還不錯……可能是討厭妳吧！」

「黃允瑞又不是妳！」

「怎麼聽起來像在罵我？」

「是在罵妳沒錯。」

「幹……」

「在學校看到黃允瑞的話，叫她跟我聯絡一下！」

「我跟她說了好嗎？肯定是超討厭妳的吧！」

「我現在是偷打電話，閉嘴啦。」

「啊，偷用電話，也太可憐了吧！最近有什麼有趣的事嗎？」

「像我這種……被讀書榨乾……有趣的事……？」

「嗯……累的話要說，妳也知道我很擅長煩惱諮商嘛。」

「是嗎？嗯……老實說，最近覺得這裡讓我喘不過氣來。」

「喘不過氣？也是啦，那邊都是有錢人家的孩子吧？」

「有錢人家孩子就算了，最可怕的是這裡的大家都好像瘋了一樣，一直念書、念書、念書……考完試那天還有好幾個人會痛哭流涕呢！」

「這麼嚴重？又不是考大學。」

「這裡的學生全都拚死拚活要準備上貴族私立高中……像我這種學生，就算再怎麼認眞準備入學考試，不管是會考還是各校獨立招生考試，肯定都會完蛋的。」

「妳功課不是不錯嗎？」

「在那邊算不錯，但在這裡只是中間水準而已，這裡是所有精英的集中地。」

「這樣的話，壓力眞的很大。」

「當然啊，這壓力眞的不是開玩笑的。這裡的同學全都要靠咖啡因才撐得下去，一般飲料現在已經消失得無影無蹤。我本來就不太睡覺，就算念書到晚上也不太有問題，但其他同學好像不是這樣。」

「通常念書到幾點？」

「大概……三、四點？」

「妳不是也很早起嗎？」

「確切時間？大概是六點或七點左右起床吧。」

「不會睡眠不足嗎？」

「大家睡眠時間幾乎都差不多，至少不能被人家追過，成績必須要保持在中上水準才行。」

「妳的生活比我苦太多了。」

「妳也有妳的煩惱啊。最近有什麼事嗎？」

「嗯……我明天考試，現在得掛電話了。」

「唉，下次再聊吧。」

「ＯＫ、ＯＫ，也祝妳明天考試順利。」

❄ ❄ ❄

這天是第二學期的期中考。本就對念書沒什麼興趣，所以也沒特別準備考試。只是很討厭那種緊繃的氣氛，所以考試時很難專心地好好解題。

「考試考得好嗎？」

「怎麼可能考得好？」

「靜亞考得好嗎？」

「應該還不錯吧？哎呀，我完蛋了。」

「我也是。」

「李周泫？」

李周泫站在學校門前，看起來像是在等我。無計可施之下，也只能走過去跟周泫打招呼。我一步步靠近，腳步越來越沉重。

「爲什麼沒跟黃允瑞一起放學？」

「啊，她……廣播社，說要留下來。」

不知道爲什麼，謊話像是習慣一樣脫口而出。

「喔，是嗎？那現在可以叫她出來嗎？她現在在學校吧？」

周泫的臉看起來些微激動，似乎已經發現我在說謊。

「妳今天不也是期中考嗎？學校怎麼辦？妳怎麼就跑來了？」

「現在那些對妳來說重要嗎？讓開，我還記得廣播社怎麼去。」

「不要這樣……！」

攔住正要衝進校門的周泫，我大聲喊道。

「柳秀雅，妳親自跟我說啊。」

「周泫，我們去別的地方說吧，這裡人太多……」

「媽的，妳不是說她活得好好的！妳不是說她過得不錯？」

「對不起。」

「啊……原來是眞的，是眞的啊……」

「我不是故意的……」

「我的頭現在眞他媽的很痛。」

「對不起。」

「爲什麼……？不是啊，爲什麼不告訴我……允瑞不是那種人啊。妳現在說允瑞死了，也是謊話吧？」

「……」

「喂，柳秀雅妳說啊。」

「周泫，對不起。」

「除了對不起妳沒有別的話要跟我說了嗎?!這些話我竟然是從申佳妍那邊聽到，這樣對嗎？」

周泫幾乎要哭了，大聲怒吼。

「我……我一直相信妳。」

「我無話可說。」

「爲什麼要騙我？」

我緊閉雙唇不發一語。腦中反覆自問：我做的選擇是否正確？如果能回到過去，我會做出其他選擇嗎？

「爲什麼騙我？明明就可以跟我說。允瑞都死了，我他媽的爲什麼現在還要聽妳講關於她的謊話！」

「我怕妳會受傷……」

「這也能當藉口嗎？」

「要不然我到底還能怎麼辦？妳已經因爲念書壓力夠大了，再跟妳說允瑞死了，妳能保證妳沒事嗎？」

「所以讓我變成瘋婆子也沒關係嗎？」

「不是，不是這樣的。」

「現在……一聽到消息我就跑來了，妳覺得我的神智能正常到哪裡去？」

「今天先回家冷靜一下，我們再談談，拜託妳了……」

「媽的……」

李周泫口出穢言罵了好幾次髒話，喃喃自語了一陣子，嘆口氣便走了。看著她的背影漸漸消失在視野中，我一直憋著的氣終於吐了出來。

「欸，柳秀雅，妳還好吧？那個叫李周泫的朋友，她知道了？怎麼知道的？」

「……哼，申佳妍。」

「她現在爲什麼對妳這樣？」

「我也最想知道這個。」

「妳需要冷靜一下。」

我心想幸好是小敏看到我這番窘迫醜態，也幸好周圍沒有太多人。我想，這是否是老天或是周炫的體貼呢？現在我就連對申佳妍發脾氣的力氣也沒有，也不想去找她對質，因爲我知道就算她跟我道歉，也不會有任何改變，不管對於這個狀況或我的心情都是。對我來說最好的選擇就是，趕快收拾殘局，不用再面對這事。

應該要忍耐吧？

忍下來是對的吧？

是我錯了，還能怪誰呢？

難道她不該對此有所感謝嗎？

福輕乎羽：

福氣比鳥羽還輕，引申意思是人的幸福取決於抱持什麼心態。

同病相憐

最需要演出豐富多彩事物的我，內心深處卻沒有任何色彩，無論是單純的孩子、成熟的孩子、特別的孩子，我都演不出來。不知怎麼的，我就是一個沒有內涵只是虛有其表的孩子，失去笑容的孩子。指導我演技的老師們總是嘆氣，上完演技課後哭哭啼啼地回家後，媽媽也總是這樣對我說：

「你的內心並不是空洞的，而是一片雪白啊，不管漆上什麼顏色都會很美，你只是害怕隨意染上顏色才會這樣。」

我仍是哭著，只是點點頭回應。

我還記得第一次到公司去試鏡的情景。在等待名單上填好姓名後，拿到指定劇本坐著等待。獨自一人喃喃低語背著劇本時，裡面的門打開，有一群看起來像是國高中生的孩子，從裡面蜂湧而出。

和他們擦肩而過眼神交會的瞬間，我被一種前所未有的感覺包圍。他們光是走路的模樣都閃耀奪目，吸引了眾人的目光。突然之間，我覺得這裡不是我該待的地方，媽媽輕輕拍著我的背，推著我走進了試鏡場。

「大家好，我是成敏。」

我用媽媽幫我準備的內容自我介紹，這已經是這個月第四次試鏡了。

「請依照指定劇本開始表演。」

在男子冷冷的指令後，試演開始。

「這有什麼難的！到底爲什麼那麼複雜……？我不懂，難道……難道不能只是待在我身邊嗎？」

和評審老師眼神交會，台詞節奏亂掉了。

「那、那個也不行嗎……？如果這樣的話，爲什麼我……？」

「演到這裡就可以了。」

突然腦袋一陣暈眩。啊，完蛋了，這是我到目前爲止表現得最差的一次。剛才爲了投入演技而稍微移動的手和腳，再次縮回了拘謹的姿勢。

「有學過演技嗎？」

「沒有。」

「想要飾演哪個角色？」

「主角。」

我毫不猶豫地回答。

「受限於演技，要當主角應該不容易。」

「啊……了解。」

心一沉，是因爲剛才停頓了一下的關係嗎？還是速度太快了呢？我還流了眼淚，照著媽媽叫我練習的都做了，台詞也背得很完美……

「之後會傳簡訊告知試鏡結果，辛苦了。」

「謝謝。」

把混亂的思緒拋諸腦後，盡可能開朗鞠躬行禮後離開。

「怎麼樣？這次氣氛還好嗎？」

「……對不起。」

「下次試鏡的時候再好好表現吧，我們明天還有一個試鏡。」

好累喔，媽媽。小時候總是把這句話吞下去，其實除了吞下去也沒別的辦法，是我自己也想要變得有名。原本在準備下一個試鏡，但在第二天早上傳來試鏡結果，合格了。

第一次到拍攝現場，雖然只是一個非常小的角色，沒有名字、也不重要，但是看到許多人、忙碌的工作人員、以及坐在中央的導演、還有電視上曾看過的知名演員們，我終於覺得自己成爲了一名演員。等了很久後才拍了一個鏡頭，電視播出後看到我的身影只是一閃而過。這種情況重複了大約六年，到國小畢業時，我開始被一名跟蹤狂跟蹤。

當時心想，像我這樣的小角色怎麼會有跟蹤狂呢？是一個大我四歲的高中女生。超過三個月的時間裡，那人每天都透過社群網站傳訊息給我，甚至透過我的照片背景找到我就讀的小學，還有一次她在朋友面前假裝跟我很熟地牽起我的手。我頭一次感受到如此強烈的恐懼，尤其以我矮小的身體，根本無能爲力。那人究竟是帶著什麼樣的想法接近我呢？可以單純當成瘋狂私生飯*的行爲就好嗎？難道那人沒有其他的目的嗎？幸好她抓住我的手帶我走的那天，覺得奇怪的申佳妍告訴了媽媽，情況才告終結。在警察局和那名女子面對面時，她一直在發抖，過了一會兒自稱是她父母的人趕到，替她道了歉，但那名女子卻一個字也說不出來。媽媽說這件事就算了，但是我並不想就這樣算了，希望那個女子能付出相對的代價，可是實際上我沒有選擇權，媽媽拿到和解金後誇獎了我。我成爲公眾人物的理由只是爲了這

---

* 娛樂次文化用語，指喜歡刺探藝人私生活的粉絲（Fans）。

個嗎？我想要獲得的喜愛和關心明明不是這種，我也不想過上幾個月沒法好好睡覺，怕得渾身發抖的日子。當時我就想要放棄當演員了。

我拒絕練習，關在房間裡。即使我演了很美好的角色，我也不會因此變得美好，更不會得到重要的角色。媽媽哭了好幾天，爸爸爲了安慰媽媽責備了我，但是要重新站在鏡頭前，對我來說實在很痛苦。我再也無法踏入那個放眼望去到處都是比我優秀的人的地方。就這樣我離開了經紀公司，曾經也想要閃閃發光成爲閃耀的一顆星，曾經那是我人生唯一的夢想。

離開經紀公司的那一天，叫申佳妍出來見個面。深夜，我坐在公園裡的鞦韆上。

「你好久沒找我了。」

申佳妍先開口，見我沒回應，申佳妍又繼續接著說：

「聽說你離開經紀公司了，現在你要怎麼面對姑姑？」

「就照常生活啊，還能怎麼辦？對了，妳要上哪所國中？」

「大概去念師林國中。」

「是喔？好遠喔。」

「我想應該是吧。你呢？」

「隨便去哪都行吧，再不然也去師林國中吧？」

「好啊，到時候有什麼事的話，就轉學來吧。」

後來申佳妍回家了，雖然對我來說她並不是個重要的依靠，但因爲家住得很近，所以兩人經常見面，而且後來還眞的發生了不得不轉學的事情。

我進了離小學最近的國中。一進入國中，就陷入各種流言蜚語之中。大家都知道我是童星出身，曾經被跟蹤狂跟蹤而遭遇奇怪的事情，大家說我媽媽只是把我當成搖錢樹，不過這些話我還都可以忍受，但其中最讓我痛苦的閒言閒語是，他們幹麼要在意像我這種無名演員？人們的視線讓我很痛苦，那種憂鬱很難用言語表達，我不太會哭，也不太感到痛苦，只是偶爾會出現喘不過氣的情況，急促的呼吸伴隨著眼淚無法克制地流下，等到清醒一點時，才好像擺脫了什麼。恐慌總是很痛苦，但這是我所能夠表達出的痛苦。每次上學都因爲恐慌而昏倒，走廊、教室、廁所，各種場所，都會讓我喘不過氣。哭泣、昏倒，做什麼事都很吃力，所以媽媽決定讓我轉學。既然要轉學，就乾脆去遠一點，又有認識的人的師林國中，也就是申佳妍念的學校。我是覺得轉到沒有人認識我的地方，重新開始似乎不錯。離開經紀公司後，就和媽媽疏遠了，只是早上、晚上打招呼，吃準備好的飯，不在家吃的話才會聯絡一下，只剩下這樣的關係。

去新學校的腳步，沒有任何悸動，也不會感到恐懼，只有舒適自在。大部分的人只看到我的外表就會想跟我交朋友，這樣我反而自在多了，沒有人知道我當過童星，也不知道我有恐慌症，更不知道我所有的傷疤，我寧願人們像這樣單單因爲外表好看就喜歡我。眞希望能隱藏我所有的一切，要是能這樣就好了。不過，有一個人不同，就是我進教室第一眼看到的那個女生。趴在桌上的她長髮及腰，四肢相當纖細，看起來頗瘦弱，可能是想要低調安靜度過學校生活吧，偏偏我就是莫名地想要接近她。

「哈囉。」

那女生靜靜抬起頭看著我，被頭髮有些遮擋的名牌上寫著「柳秀雅」。

「嗯，哈囉。」

清脆冷靜的嗓音。

「妳是柳秀雅吧。」

爲了保持平視有些半蹲，看著我的是一雙幽靜又孤單的眼。

「爲什麼要跟我說話？」

「這個嘛……當然是因爲想跟妳變熟啊。」

「那，既然已經知道我的名字，爲什麼還想跟我變熟？」

難道她不知道我是轉學生嗎？雖然開學第一天的確有可能發生這種事，但她到底是有多不在乎朋友才會沒發現我是新同學？

「妳的名字難道是不能變熟的名字嗎？」

「嗯。」

「爲什麼？」

「沒爲什麼，反正不要跟我變熟。」

聲音比剛才更加冷淡，本來還沒這打算，但越是叫我不要這樣做，反而讓我越想跟她唱反調。

「但我就想跟妳當朋友啊。」

「你是轉學生嗎？」

「妳現在才知道嗎？」

「可是你怎麼會知道我的名字？」

「不是有名牌嗎？」

看到我手指著胸前的名牌，她才「喔」一聲露出恍然大悟的表情。

「妳眞有趣，所以我們當朋友吧。」

看著仍舊一臉不解的柳秀雅，我笑著追問。

「妳知道我的名字嗎？」

她搖搖頭。

「成敏，單名。」

伸手不打笑臉人，面對這樣的笑臉，也吐不出太難聽的話，應該吧。

「你可以隨便跟班上任何一個人打聽我是個怎樣的人，聽了之後再看看還會不會想跟我當朋友。」

一說完她就跑了出去，我注視著她背影好一陣子。然後一瞬間，來上學的其他同學不知不覺都圍繞在我身邊，同學順著我的視線看向柳秀雅，所以說了關於她的事。她那個總是形影不離的好朋友，叫黃允瑞吧？允瑞自殺了以後，她就瘋了。大概都不是什麼好聽的話。在黃允瑞的葬禮上，她緊抓著黃允瑞外婆的衣角像是瘋了一樣哭個不停。聽了這些之後我只有一個想法：「我可以成爲英雄嗎？」

如果我拯救了那個女生，我的人生是否可以多一點光明呢？我對人生是否就能少一點懷疑呢？如果這樣的話，我是不是就能多愛自己一點？

柳秀雅再次走進教室就立刻趴在桌上。我被其他同學包圍著一直到新老師進來。站在同學們面前自我介紹時，我成了眾所矚目的視線焦點，幾乎就像是當上主角，我真心地對大家露出笑容。當我轉頭和柳秀雅視線相對，那時露出的笑容，也是真心的。

第一節一下課，我立刻走向她的位置。

「欸。」

「幹麼啊，嚇死人了。」

「我聽說妳的事了。」

「可是，聽完以後更想跟妳當朋友耶。」

「……你現在是在耍我嗎？」

「欸，哪有，是真的想跟妳當朋友啦。」

「別鬧了，你聽到了多少？」

「嗯……真的想知道嗎？包括黃允瑞的事到葬禮上的事都知道了。」

「……媽的。」

「幹麼罵髒話啦。」

瞬間，我擔心自己是否太過若無其事地碰觸到敏感部分，換作是我可能也會生氣。

「閉嘴，不要跟我說話。」

「我做錯什麼了嗎？妳不是叫我去問同學，如果知道了還想跟妳當朋友再來嗎？」

但我還是盡量厚著臉皮想接近她。

「……」

「我沒說錯吧。」

「到底爲什麼想跟我當朋友？」

「妳覺得我爲什麼會在國三轉學來這裡？」

「關我屁事？」

「雖然我可能沒妳那麼痛苦，但我也是因爲很痛苦才轉學的。我們不能當好朋友嗎？」

柳秀雅不發一語只是瞪著我，當然我說的也不是眞心話。

「難道妳只和黃允瑞分享快樂嗎？」

再度提到那個名字，她就像要殺了我似的瞪著我看。

「好啦，好啦，別瞪我了。」我笑著說，本來想用閒聊讓這場面告一個段落，但是忽然……

「我現在不能交新朋友。」

「為什麼？」

——噹噹噹噹——

「我等等下課再過來。」

我心想，她還眞是怪人，我也眞是久違地再次見到對我充滿敵意的人，但奇怪的是我並不討厭，不只不討厭，還暗自想要跟她更親近。她到底有什麼魅力？明明就只是個沉浸在憂鬱中的女生。

第二天調整好心情後，就覺得這件事沒那麼難了。我決定試著和她當朋友。

跟她當朋友倒不是有什麼好處或是壞處，只是以後其他同學看到柳秀雅跟我當了朋友，變得開朗起來，這對我也是件好事。

「妳來了啊。」

遠遠看到那不甚熟悉的背影，我跑了過去，手搭在她的肩上。

「……」

她望著我的眼神寫著「別裝熟」，讓我覺得相當有趣。

「哇，幹麼瞪我？」

「……你不累嗎？」

「唉唷，開口說話了。開學才兩天而已，這麼快就累了怎麼行？」

「別跟我說話。」

「啊，我好受傷。」

用開玩笑的方式交談，這樣很好，這樣慢慢變熟應該就可以了。雖然現在看起來還是銅牆鐵壁，找不到可突破的破口，但至少從她願意回話來看，也不是完全不可能的。

「欸。」

從後方傳來的聲音，是申佳妍。

「好久不見啊。」

「你眞的轉來了，那邊出事了嗎？」

「也沒有校園霸凌什麼的，就只是覺得很累。」

申佳妍視線轉到遠在另一邊的柳秀雅身上。

「妳們認識？」

我問她時，申佳妍稍微想了一下就開口。

「我們去年同班。你不覺得她很陰沉嗎？」

「看起來不會啊。」

「你應該沒有特別想跟她當朋友吧？」

「本來沒有特別想的，但妳這麼一說讓我有點猶豫耶。」

「不要跟她當朋友，不怎樣。」

申佳妍說完想說的話，就回去她班上。雖然我知道申佳妍個性有點扭曲，但也沒道理完全忽視自家人說的話。儘管如此，我還是很快就和柳秀雅拉近關係，因爲我的好奇心勝過一切。

聽著她的故事，讓我發現自己的過往顯得微不足道。這種感覺不壞，所以我就繼續聽。柳秀雅遭遇的不幸一個個接踵而來，那些苦痛已遠超出我的想像，所以我決定吞下自己的故事。我老是一副見識過大風大浪的樣子，因此也變得很難輕易把自己的痛苦說出口，反正我跟她這段關係也不可能持續多久。

❄ ❄ ❄

「欸，柳秀雅。」

不知是否她沒聽到我說話，只是直直朝著某個方向走去。即使四下無人，她仍舊不安地四處張望，那樣子實在看起來很奇怪。明知道這樣不行，我還是跟在她後面，一路跟著她來到了頂樓。秀雅從口袋裡掏出鑰匙，輕輕打開門，靜靜地走了進去，那樣子看起來不像是要自殺。我從門縫偷看了幾分鐘，柳秀雅就只是坐在頂樓的中央，沒有任何表情、聲音，甚至沒有眼淚。不知為何，我想要走過去坐在她旁邊。她仰望著天空中飄下的大雪，就這樣看了一陣子便下樓了。那個叫黃允瑞的朋友不就是在這邊自殺嗎？

過了一週左右，那天在屋頂看到的畫面在腦海中已開始漸漸模糊。經過走廊看到柳秀雅時，還正考慮要不要過去打招呼，卻看到她前面的人是申佳妍，便停下了腳步。這氣氛似乎是不能隨便插嘴的樣子，可是當我看到柳秀雅高舉起手，我立刻衝上去阻止她。

「……放手。」

「這樣做對妳沒好處的。」

「就算我怎麼了，也要把這賤女人殺了再走。」

「冷靜點。」

「小敏，這種神經病有哪裡好，值得你這樣偏袒她？」

申佳妍抬起頭看著我說，那模樣卻讓我有一種無法形容的距離感。我很清楚知道自己要站在誰那邊。

「妳眞是令人感到心寒。」

申佳妍一臉厭煩地瞪著我，柳秀雅的視線仍舊死死盯著申佳妍，她的背影看起來痛苦萬分，所以我拉著她的手腕，離開了現場。

「到底要去哪裡？」

「頂樓。」

「那裡不是鎖著嗎？」

「妳不是有鑰匙嗎？」

「……你怎麼知道？」

「我看到了，妳去頂樓。」

「起雞皮疙瘩了。」

「妳要這麼說，我也沒辦法……」

奇怪的是，我總是望著柳秀雅的背影，想待在她身邊，成爲她的好朋友，雖然剛開始我並不是這樣想。這是我頭一次很想很想跟某人成爲好朋友，也因此變得心急。明明一開始我完全沒打算要這樣。

「爲什麼對我那麼親切？」

美麗天空映襯下，柳秀雅有些尷尬地笑著問。

「因爲本質相同。」

「奇怪的傢伙。」

「我自己也知道。」

怪。

我笑著回答。兩人第一次一起來頂樓，奇怪的是，這感覺很好，眞的，非常奇

就像是電影場景一樣，好像有一排攝影機放在並肩而坐的我們後方。但是此時

卻是全然屬於我們兩人的時間，完全沒人看到，也不需要演戲。

某一天，柳秀雅談起申佳妍，想當然不會說什麼好聽的話，但是沒想到會到這

種程度。雖然我經常告訴柳秀雅應該要把黃允瑞的死怪到別人身上，但沒想到這理

由最終會是落到申佳妍頭上。申佳妍討厭黃允瑞，排擠她，但這是造成黃允瑞死亡

的理由嗎？申佳妍爲什麼討厭黃允瑞，也討厭柳秀雅呢？

「我覺得完全沒有任何罪惡感的申佳妍非常噁心」——面對曾這麼說過的柳秀

雅，我還能多說什麼呢？可是我和申佳妍有親戚關係，總不好罵跟自己有血緣關係

的人，所以我只是默默聽著。午餐時間結束前得去找申佳妍一下，我當時只是這樣

想著。

「妳爲什麼討厭柳秀雅？」

「你到現在才問這個問題？」

「那妳為什麼討厭黃允瑞？」

申佳姸笑了一下沒有說話，她微微斜低下頭，避開了視線，她在想些什麼呢？

「我一開始並不討厭柳秀雅，還想要親近她，跟她當好朋友，是她先跟我鬧翻的。」

「因為妳先排擠黃允瑞，柳秀雅才會跟妳鬧翻。」

「黃允瑞本來就有點陰森，她沒有爸爸媽媽，看上去就很陰沉啊。」

「只因為這種理由妳就排擠她？」

「我沒有排擠她，只是討厭她而已，是我身邊的同學知道了以後自己開始排擠她。反正她都已經死了，有必要繼續提她的事嗎？」

「好，好，我知道了。但就算她死了，妳也應該要一輩子反省，然後跟柳秀雅道歉。如果黃允瑞眞的是因為妳的關係才自殺，那怎麼辦？」

「你以為我沒有罪惡感嗎？我也快瘋了！整個放假期間一直做惡夢！夢到黃允瑞來找我。可是，柳秀雅被大家排擠也很正常啊，她那種精神不正常的樣子，你還看不出來嗎？」

「妳，眞是的……妳眞的是個徹頭徹尾的瘋子。」

「你自己還不也是個神經病。」

「夠了，雖然妳應該不會改變心意，但要是妳對柳秀雅感到抱歉的話，就去說一聲吧。」

我說完就轉身離開。申佳妍比我想像的還要更糟糕。這時，身後有微小的聲音傳來：

「我已經感到抱歉了。」

不值得聽入耳的一句話，不管她對什麼感到罪惡，又經歷過多少痛苦，這些都不是造成他人傷害的理由，申佳妍只是把自己的痛苦推給別人罷了。

❄ ❄ ❄

平凡的學校生活感覺還不錯，適當程度的受歡迎，有著適當的朋友，沒有多少人對我抱持不好的印象。而且，我覺得最好笑的是，轉學到師林國中後，我最在意的居然是柳秀雅。

隱藏的情感被喚醒的最佳時刻，是半夜兩點，我聽著喜歡的歌手唱著輕柔的歌曲，沉浸在一堆胡思亂想中。想透過幫助柳秀雅來提升我的自尊心，這在倫理上是對的嗎？如果這樣的糾結只發生在我的內心，那還有必要煩惱嗎？就算別人喜歡我，但最終我仍舊無法喜歡自己，那又有什麼用？

想要和柳秀雅當朋友明明就是爲了愛自己，卻不知何時目的變了質，對此我覺得不太滿意。

今天聽到「神經病」這個詞之後，就一直盤旋在腦中揮之不去。有些日子很奇怪，那些平時早就不放在心上的事，卻會不斷回想反覆思考。我受歡迎的理由、當演員的理由、被跟蹤的理由、被嫉妒的理由，眞的單純只是因爲長相的關係嗎？我沒做錯任何事情，也不想碰上這樣的事，爲什麼我要遭受這樣的痛苦？我默默無聲地哭泣著，好久沒這樣了。我忍不住想，一個男生發什麼神經，幹麼哭啊，便打算喝杯冰水冷靜一下。來到了廚房，剛好跟最近失眠，坐在餐桌旁喝著茶的媽媽四目相對，我一下克制不住又開始流淚。媽媽毫無生氣地看著哭癱在地上的我，沒有給予任何安慰。即使被愛卻仍舊感到孤單，這樣的我算是眞的被愛著嗎？

「爲什麼要生下我……」

這是第一次在媽媽面前崩潰。平時我什麼都沒跟媽媽說，第一次說出口的竟然是這句話。媽媽站在痛哭的我面前，看起來比任何時候都還要生氣，但卻完全沒有一點驚慌失措的樣子，簡直毫無人味了。此時我突然有個想法，之前別人總說媽媽把我當搖錢樹，這話到底是不是眞的？眼前這人眞的是用愛來養育我的嗎？還是以母愛之名在利用我呢？不想再跟這個人說話了。我想也知道她會有什麼回應，於是轉身逃跑似的回到房裡。

比我優秀的大有人在，雖然我也比許多人還優秀，即便我腦子理解這個道理，卻無法刻在內心深處化作我的想法。我知道不會因爲別人比我優秀，我就成爲很差勁的人，我就只是我自己，可是究竟是什麼讓我如此不安到想尋死呢？總有一天會出現一個人，可以無條件包容我、愛我，什麼都不過問就擁抱我，會對疲憊不堪的我說「累了就休息也沒有關係喔」，會讓泡在憂鬱的我沉浸於幸福之中，看到我的內在也會理解我，總有一天這一切都會發生的。人生不就是依賴著這些虛幻的約定和期盼才能活下去嗎？我每天想著這些入睡，衷心盼望這些總有一天會實現。

那是什麼時候？我也在差不多的季節試圖自殺。一開始是到廚房拿出最大把的菜刀想要戳進自己的肚子，但這樣也未必能死得成，所以我走到附近商店街裡看起來最高的那棟樓的屋頂。站在比平時高很多的地方俯瞰，這一區似乎不會因爲死了我這個人就有所改變，只會一如往常平靜又吵嚷地過日子。我沒有寫什麼遺書，因爲不管寫什麼都不會是我的眞心話。吵雜的汽車喇叭聲和太陽下山好一陣子的天空下，變得模糊卻又閃爍的路燈及建築物的燈光亮起。直到這時，我才能稍微喘口氣。因爲很明白即使自己跳下去也不會有任何意義，所以就回家了。什麼事都沒發生，讓「試圖自殺」這一說詞變得黯淡無光。我想，如果當時在屋頂上摔一跤扭到腳，會不會比較好？

第二天去學校時，柳秀雅說暑假想去海邊，那天是放暑假前的結業典禮，我們就約好了暑假一起去海邊。久違的寧靜大海，久違的舒暢心情，在如此寂靜的世界上，是否有必要掙扎著活下去？這讓我陷入了思考。不想被這世界發現其實我昨天才想要死去，這樣的幸福非常短暫，以微小又不顯眼的方式悄悄降臨。本來我因爲幸福太微小而感到絕望，但是爲了幸福降臨而高興開心的我，不知爲何突然盼望起我們的暑假不要結束。眞想要每天都來看這片海，更想要好好珍藏看著大海又哭又笑的我們。如果能把「妳」和「我」用「我們」一詞連結就好了。是啊，不知不覺間，我滿腦子就只想著妳，想救妳的決心從一開始就是認眞的。幸福會隨著我們的決心來來去去，但我眞心希望妳也能體會到我此刻的心情。這份幸福要是只有我擁有，未免太可惜了。我希望妳的天空也能湛藍美麗，即使是微小的幸福也能顯得特別。對妳說的那些話，其實不全是我自己的話，若說我是照著劇本演出，也可以。但是即使這所有的劇本都是我創作的，我的人生也不可能照著劇本進行。如同以往，我就這麼胡思亂想著。柳秀雅究竟是否會在聖誕節死去，這明明不是我該管的事，爲何我會如此擔心她？是從什麼時候開始的？去看大海的那天？還是在頂樓閒聊拌嘴殺時間的日子？或者是打從我第一次走進教室的那時就開始了？

尤其在漫長的盛夏，炎熱的天氣下，沒有一絲遮蔽的學校屋頂上，只有妳和我單獨兩人，我們的談話總是充滿憂鬱，偶爾出現笑聲，卻能讓我覺得平靜。這份平靜之中我變得更了解妳、理解妳，我看到了連妳都不知道的妳。柳秀雅是一個淚腺豐富，以爲自己很脆弱，其實卻是比想像中更堅強的孩子。雖然老是說沒有活下去的理由，卻總是能夠活下去。在柳秀雅想自殺的那天晚上，奇怪的是，我心中卻充滿信心自己第二天還能見到她，是因爲柳秀雅設下了D-day的緣故嗎？還是因爲我就是相信她呢？柳秀雅是我見過的人之中色彩最斑斕鮮豔的人，不是虛有其表，總是很坦率，很忠於自己的情緒與感覺，跟那些老愛批評這一切的愚蠢孩子不同。在愛與同情之間，我感受到了某種不同的感情，當我感覺到這一點時，我已經眞心想要救活妳。秋天即將來臨，縱使我們是活在無情流逝的時間洪流之間，我還是希望能讓妳看到冬天來過之後盛開的春花。

所以，我一定要救妳。

同病相憐：

罹患同樣病症的人彼此憐憫，處於同樣困境的人彼此同情，互相幫助。

一觸即發

「秀雅。」

小敏痛苦地叫我，不管怎麼問他，他都只是低著頭。我決定等一等，再過了一會兒小敏終於抬起頭，淺淺地笑了笑。

「妳很痛苦的時候總是會去的那個地方，也帶我去吧。」笑著說的小敏眼角有些抽動。我似乎知道這句話隱藏的意義，所以告訴他有時間的話，就跟我來吧。

放學後，小敏跟在我的身後，一起走在跟放學路完全不同的路上，這感覺有些陌生，曾經讓我覺得自在的沉默，現在卻是如此可怕。

「是這裡。」

「好漂亮。」

長長的江水在眼前一覽無遺，小敏似乎也對這景緻頗爲滿意，嘴角微微揚起了笑容，我也默默感到有些欣慰。

「是啊，很漂亮。」我也回應道。

輕輕蕩漾的水波之間陽光閃耀跳動，悅耳的水流聲音讓心靈平靜放鬆下來。我們靜靜地欣賞，過了好一陣子小敏才開口說話。

「我今天眞的很累。」

我從波光粼粼江水上移開視線，轉過頭看去。那雙眼睛跟剛剛來時不同，變得紅通通的，雖然看不清楚，但應該是哭過了。

「如果沒有妳的話，我應該已經死了。」

「眞幸好有我在。」

「嗯。」回答後，他斗大的淚珠滑落臉龐。

原本只是搖搖欲墜的模樣，現在是徹底崩潰了。

「發生什麼事了？」

「……覺得好委屈。」

總是充滿自信的聲音，現在變得微弱，且一句一句話都變得不怎麼確定。

「什麼事讓你這麼委屈？」

「我想過符合我年紀的生活。」

「……」

「想要撒嬌，想要無憂無慮和朋友一起玩。」

「這樣做也沒關係啊。」

僅僅十五歲的我們有著太多不安、不完整，但是總期待著完美。還只是石頭的我們，在消磨和受傷的過程中，期待著變成閃閃發光的寶石，但是卻心急到無法等待，只能一邊勾勒著未能實現的理想，一邊責怪自己。我抹去小敏的淚水，讓他嚇了一跳，試著想要擠出笑容，但最終還是放棄，又繼續哭了好一陣子。但我決定此刻什麼都不問。

「內心一定很痛苦吧。」

哎呀，怎麼連我也流淚了，看來這話不只是對你說的。看著我的小敏露出從未見過的表情對我點點頭。看著他咬著唇想強忍卻又忍不住啜泣的樣子，我卻是什麼也做不了。總會有些時候，極度渴望聽到像這樣單純又簡單的一句話。

眞不想成爲大人，我用手捂著臉。成爲大人的標準是什麼呢？只是隨著時間流逝，年齡的增長，步入社會，這樣就是大人了嗎？

我停頓了一下，小心翼翼地舉起手輕輕拍小敏的背。雖然小敏悲傷地哭泣，但是我沒有能力讓時間停止流逝，我知道總有一天我必須要成爲自己承受起所有一切的大人。江水似乎對一切毫不知情，只是不停地奔流，雖然冷酷無情，卻是如此美麗。

❄ ❄ ❄

我現在像是習慣似的走上頂樓，因爲這裡不再只是悲傷的場所，也不再是我獨自被困在這個空間裡。雖然這裡已經不是一年級時記憶裡的那個樣子，但不知何時，我有了打開頂樓門走進去的勇氣。那勇氣，也是讓我能夠再次走上頂樓卻不會死去的勇氣。

「你已經來啦？」我說。

「妳每天都遲到，哪有什麼好訝異的。」小敏說。

午餐時間是我唯一能夠聊聊允瑞的時間。

總是會哭，但偶爾也有笑聲，淚水沒有留在眼眶，是隨著視線滴落地面。我希望讓笑容留在小敏的記憶中。

「每天像這樣聊天，還有新的東西可講嗎？」

「如果能在一個月裡說完我人生中五年的故事，那也太了不起了。」

「我不是這個意思。」

「我很了不起吧？」

原來心理諮商是爲了這種需求而存在啊？光只是對某人訴說自己的故事，竟然能有一種浮出水面的的感覺。一直覺得很漫長的午餐時間，不再只是趴著，也不用偷聽別人閒聊來紓解內心的無聊。我擺脫我那小小的座位，打造了另一個屬於我聊天的空間，忽然覺得這樣的事情挺酷的。

「今天也有要聊的事嗎？」

「嗯……啊。」

突然感到很好奇，明明在初次見面時，爲了和我當朋友，他也曾說過自己很痛苦，處境跟我很類似，所以想當朋友，但爲什麼總是只聽我說我的事，卻閉口不談自己的事呢？這幾個月以來一直是這樣。

「你是因爲什麼事情很痛苦呢？」

埋藏在心裡的沉重問題，終於問出口了，但出乎意料的是，小敏聽到問題後，苦惱了好一陣子。

「我還是不想說。」

「搞什麼啊，那你爲什麼要和我當好朋友？」

「光是聽著妳的故事好像就可以被治癒了。」

「治癒？」

小敏看著屋頂欄杆的另一側，那是允瑞掉下去的位置。他露出了淺淺的笑容。

「好累喔，但應該沒有妳累吧。」

我也跟著望向允瑞掉下去的那個位置。當天是一個陽光燦爛晴朗的好天氣，但我的視線仍停留在那下著雪的冬天。

「這是理由嗎？」

「什麼理由？」

「你不願意說你的故事的原因。」

「這也是其中之一……我希望妳能少一點不幸。即使不到幸福的程度，至少可以很接近幸福，接近到讓人產生錯覺的程度。」

「幸福就幸福，哪有什麼接近幸福啊？」

「妳現在幸福嗎？」

「沒有。」

「如果搭上妳最喜歡的遊樂設施的話，會很開心嗎？」

「應該會很有趣吧，好像也會開心吧。」

「那麼那天對妳來說會成爲幸福的一天嗎？」

「不知道，也許不會吧。」

「就是這樣，妳到現在仍然被黃允瑞束縛著。」

「所以我沒辦法變得幸福。」

「那就試著快樂吧。每一瞬間，都試著讓自己遺忘，試著產生錯覺，這樣就能歡笑，不是刻意的，而是自然流露出來。」

「我也可以這樣嗎？」

「有何不可？」

「我實在很憂鬱。」

「沒有人強迫妳一定要憂鬱啊。」

我以爲長久以來束縛捆綁著我的繩索是無法斷開的，但其實那條繩索遠比我以爲的還要容易就斷掉，而且我也不知道竟是自己在無意間，將那繩索越勒越緊。

「妳相信神嗎？」

「神？耶穌？」

「什麼神都好。」

小敏突然沒頭沒腦問了這個問題。

「喔……不相信，怎麼突然問這個？」

「因爲妳好像很埋怨神的樣子。」

「我有嗎？」

「嗯。」

「那你相信嗎？」

「我雖然不相信，但我怨恨神。」

「什麼啊，跟我一樣嘛。」

「很難去依靠什麼。」

每次只要說起自己的事，小敏都會用一雙空洞的雙眼看著遠方。

「爲什麼這麼想呢？」

「如果眞有一個讓妳和我變成這樣的神，我眞的會很怨恨祂。」

「神對你做了什麼？」

「妳眞的很執著耶。」

「學期初的你才更誇張咧。」

「無話可說，之前我說我也很痛苦，妳不是叫我少騙人了。」

「雖然我曾經眞的覺得或許你是裝的，但我想可能你也有你的苦衷。」

「那就是我最煩惱的。」

「喔？」

「只有表面看起來沒關係有什麼用？大家都只是看外表就來接近你，以爲你很帥氣，卻因此而失望。」

我無法理解。成敏不管是外表還是內心，都是一個完美的人啊。

「對你哪會有什麼好失望的？」

「我其實不如想像中的那麼會社交。」

「騙人。」

「眞的啦，妳看連妳也不相信。」

「還不是因爲你很主動接近我。」

「那是因爲妳一直拒絕，所以對我來說不會有負擔。」

「想和你親近會讓你覺得負擔？我的話，是大家本來就不想靠近我。」

「所以我有點羨慕妳。我小時候滿享受成爲眾人焦點，所以還曾經當過童星，加上經紀公司覺得多簽一些人也只是有益無害，況且他們的目的只是爲了賺錢，他們主要是靠開課程收費來營運。」

「那邊不是通常都要透過甄選才能進去嗎？」

「但是上課費用要自己付。」

「這樣的話也是可以理解啦……那你爲什麼放棄當演員？」

「根本沒人認出我是演員，我一點天分都沒有。我想，我應該不是吃這一行飯的料。」

「你現在不再想成爲眾人的焦點了嗎？」

「不想。」

「那爲什麼還要用社群網站？」

「那個……不知道，沒多想就用了，妳爲什麼不用？」

「我用一用就刪掉了，感覺對我的精神健康不太好。」

「我是不是也該乾脆刪掉算了？」

「你之前不就說該這麼做了。」

「我也趁這機會乾脆把朋友都刪掉算了。」

「說得容易，這可不是簡單的事啊。」

「沒關係的，沒有一個是眞正的朋友，全都只是表面朋友而已。」

「這應該滿有壓力的。」

「壓力眞的比想像中還大，疏離感很重，雖然好像很多人圍繞在身邊，卻沒有特別值得見面的朋友，即使有，見了面也無法說出內心話。」

「不能說內心話的原因應該和我不同吧？」

「是啊，因爲越是被注目，越是要管理自己的形象才行。」

「我還以爲長得帥，生活就會輕鬆自在呢。」

「不過也算是輕鬆吧，畢竟不用努力就能獲得大家的好感。」

「但是沒有付出相對努力的話，大家是期待越大失望也會越大。」

「妳好像是第一個能理解的人。」

「你有跟別人說過這些？」

「當然有啊，但他們只會跟我說別胡說八道，光是長得帥就要謝天謝地了。」

「哈哈……」

「這些話竟然全跟女孩子說了。」

「加油這種話對你來說有用嗎？我沒有安慰過人，所以不太知道。」

「不用安慰我也沒關係。」

「對不起。」

「我不是因爲想聽這些話才說的。」

兩人陷入靜默。忽然很想知道成敏在學期初時，曾對我提過的那些事。

「欸，你爲什麼轉學過來？」

突然小敏的眼角有些微顫抖。

「轉學？」

「喔，你不是說有原因的嗎？有不能說的苦衷嗎？」

小敏似乎想說些什麼，卻又說不出口。他嘴角微微顫抖，才張了的嘴卻又馬上閉起來。

「如果有不能說的苦衷，那我就不問了。」

「不是這樣的。」

「嗯。」

「妳聽了可能會覺得很可笑，其實就只是我覺得很累而已。」

「什麼事？」

「當演員的短短那段期間，我碰上了一個跟蹤狂，這事也讓我覺得很累吧？當時很害怕其他同學的視線。而且也發生了很多事情，但我記不起來了。」

「聽說大腦會自己忘記一些讓人感到痛苦的記憶。」

「希望妳也可以這樣就好了。」

「但我不想忘記。」

「爲什麼？」

我默默低下頭。我當然也想要忘記，但爲什麼會說不想忘記呢？

「如果我忘了的話，這世界上知道允瑞的人就又少了一個。」

「不能只珍藏快樂的回憶嗎？」

「回憶本身就很痛苦，所以應該沒辦法。」

❄ ❄ ❄

「吃了飯才回來的嗎？」才打開家門，媽媽就問道。

「嗯。」

「把藥帶進去。」

「喔。」

我拿過藥袋，才走進房間就丟到垃圾桶裡。坐在書桌前面什麼都不想只是發著呆，此時手機簡訊鈴響起。

——在幹麼？

是成敏。

「你好像是第一次傳簡訊。」

「呵呵，是喔，所以妳在幹麼？」

「沒在幹麼啊。」

「要不要講電話？」

「電話？」

最近除了李周泫，沒跟任何人講過電話。

「好啊。」

答應後，成敏馬上就打來，我接起。

「喂？」

「妳在幹麼？」

「不是說了我沒在幹麼。」

「不知道說什麼好，所以隨便問問。」

「你呢？」

「我也什麼事都沒做。」

「那就掛掉吧。幹麼打電話來？」

「……好吧。」

握著掛掉的電話。

我是不是太沒禮貌了？

如果因此而討厭我的話，應該也是可以理解的。

❄ ❄ ❄

「話劇社？」

「嗯，這次校慶要演話劇，所以在招募新社員。」

我拉著成敏來到學校公告欄前。最大張的醒目海報就是話劇社招新社員的廣告。不知道爲何我就是想讓小敏看看這個。

「怎麼突然對話劇有興趣？」

「你不是演員嗎？演技應該很好吧？」

「這些是要找有名的人去演啦，不是像我這種。」

「但是沒有比你更適合的人了。」

雖然小敏看起來好像很苦惱，但既然我已經下定決心，答案也就定了——我覺得成敏是想演戲的。

「妳要加入嗎？」

「我不會演戲。」

「話劇社也要選拔製作人，如果妳加入的話，我也加入。」

「那我也去申請。」

「好，那就這樣。」

雖然原本不是這樣打算，但是這樣做應該也不錯。

我通過面試成爲話劇社的一員，但令人驚訝的是靜亞竟然也加入話劇社當演員。其實我沒有什麼特別要做的，就只是午餐時間到社團教室和大家一起開會、確認演員練習排演的場景、根據需要調整演出、選擇合適的燈光或音樂，大概就是這些事。因爲時間不夠，所以工作很忙碌，但是並不覺得特別辛苦，就算放學後還要留下來做事也覺得很有趣。雖然是爲了成敏才加入，但在不知不覺中我也樂於其中了。如果允瑞還在的話，不知道我會不會也慫恿她加入呢？

「不知道演得好不好？小學之後我就沒再演過戲了……」

某天成敏在排演後抓著我這樣說。看到我一直以來依賴的成敏開始動搖，感覺很奇妙，但我對於這次話劇一定會是個轉機，深信不疑。

「不好又怎樣？這裡又沒有評審，只要盡全力去做，享受這個舞台就好，隨便演就行了。」

「叫人盡全力，又說隨便演就好了。」

「只要做到不要有壓力的程度就行，這就是盡全力啦。」

「拿到劇本那天我就把台詞全背起來了，練習時也都沒有失誤，但不知道爲什麼就是非常不安。如果在舞台上恐慌症發作怎麼辦？忽然喘不過氣來怎麼辦？」

「不會發生那些事的。」

「妳怎麼知道？」

「只要相信，就會心想事成啊。」

風冷冷地吹來。

❄ ❄ ❄

「準備好了嗎？」

「嗯。」

「能好好表現吧？」

「我不會出錯的。」

「當然啊。」

「好啦，我會好好表現的。」

「嗯，別緊張。」

公演日很快就到了。開場前，我在舞台後和小敏聊著無關緊要的話。隨著燈光暗了又亮，話劇開始了。

靜亞的第一句台詞揭開了話劇的序幕。大家屏息觀看，開場相當不錯，雖然在說最後一句台詞時差點喘不過氣，但並不明顯，第一幕順利結束了。

演出時所有人都忙碌起來，我在一旁靜靜注視著後台的忙碌奔走以及必須完美呈現的前台。

一切按照準備順利進行，大約過了二十分鐘左右，最重要的一場戲來到了高潮時刻。在戲劇化高漲的音樂中，成敏獨自一人演出著。這是練習最多次也是最令人擔心的一場戲，但是眞正看到他站上舞台後的樣子，心中卻一點都不擔心。小敏站在舞台中央，身在聚光燈下的他是如此光采奪目。那模樣，不管是我、還是觀眾都被深深吸引著。

果然，你受到喜愛時是最燦爛耀眼的。說你是爲了成爲所有人仰慕的焦點而生也不爲過。雖然是我拿著燈光照你，但是那發著光的雙眼、頭髮、指尖，沒有一處不閃亮迷人，光是遠遠看似乎就能讓人感到幸福。嘴裡說已經放棄的夢想，卻是內心深處最想要閃閃發光的地方，只有你自己不知道，這才是最眞實的你。

在觀眾一片叫好的歡呼與掌聲之中，舞台布幕落下，在後台的我們也一起不斷地鼓掌。所有演員再次站上舞台，在重新亮起的燈光下一起鞠躬致意。在熱烈的掌聲中，站在所有人中心位置的成敏微微一笑。光是那小小的笑容，對我所扮演的角色來說，就已經足夠了。

我沒有參加慶功宴。聽說我不參加慶功宴，成敏趕緊說要送我回去，就偷偷溜了出來。於是，兩人一起並肩走在夜路上。

「我今天表現得怎樣？」

路燈下，穿著帽T的成敏問道。

「我覺得你果然是天生的藝人啊。」

「眞的看起來是這樣嗎？」

「平時沒什麼特別感覺，但當你站上舞台時就覺得了。」

成敏看著前方走著，既沒有笑容，也沒有高興的感覺。

「我應該要繼續當演員嗎？」

那句話像是帶著某種決心才說出來的。我停下腳步看著他，但是成敏沒有停下來。他繼續向前走了幾步後，才停住腳步轉過身來注視著我的雙眼。

「如果你有信心不會受傷的話，就再試試看吧。」

「是嗎？」

「你很適合站在燈光下，被大家喜愛然後閃閃發亮。」

「是喔？」

「嗯。」

在稍微拉開的距離之間，路燈光線微微暈染開。不知道小敏是否察覺到這樣的距離，所以向我走近。當他站在最亮的地方，就又再度閃閃發光，我突然覺得他似乎成爲不一樣的存在，心情跟著變得有些微妙。

「如果不是妳，我就做不到，也不會去做。」

「就算不是我，你也可以辦得到。」

「但是就不會這麼有意義。」

「……謝謝。」

「我才是想說這句話呢。」

直到這時成敏才稍微露出笑容。讓你重拾笑顏的我是對的吧？哪怕只有你爲我做的一半也好，我想成爲對你有意義的人。

「大概一輩子也忘不了吧。」

他和我一起擁有了這樣的回憶。

我也一輩子都不會忘記，如此光采耀眼的人。

❄ ❄ ❄

「拜託他們讓我去上美術補習班，就連補習班我都親自去打聽了，女兒都做到這種地步，不是更應該讓我去報名嗎？」

「妳打聽到哪裡的補習班？」

「聽說有個補習班可以在在短時間內培養出最佳實力，所以我查了一下。」

「一個月補習費多少？」

「就算貴又怎樣，反正是媽媽的錢。」

「啊……」

「媽媽自己把情況搞成這樣，還說只要我下定決心就能減輕壓力，爸媽眞的超自私的，煩死了，壓力好大喔。」

我觀察到劉善俞不僅抗壓性很弱，而且還很不懂事。

「妳一定很難過吧。」

也許李靜亞受不了劉善俞這種牢騷，是其來有自的，畢竟任何人只要一進入青春期，就只會更加凸顯原本的性格。

「對吧，就連妳也這樣覺得吧？沒有人能理解我。」

她知道，藏在笑容背後的我在想些什麼嗎？

她也該培養一下看人的眼光才行。

「喂。」

成敏從背後叫住我。

「要去嗎？」

「喔。」

我又轉過身來對善俞說：

「善俞，我們晚點再聊吧。」

「好。」

我跟著成敏來到頂樓。

不知不覺這世界已經進入深秋，在秋風吹拂的頂樓上，小敏突然說了一句莫名其妙的話：

「聽說每個人會想死的日子不一樣。」

「嗯，這我也想過。很多人都思考過這件事。」

「妳想在怎樣的日子死去？」

「我啊，希望是陽光明媚、晴朗的日子。」

我不假思索馬上就回答。

「晴朗的日子？」

「不一定要晴天，但天空要是湛藍色，夕陽會把雲朵染成粉紅色的日子。」

「好像在畫裡看過的景色。」

小敏似乎理解了，我反問他。

「那你呢？」

「我啊……想在下初雪的那天死去。」

「爲什麼？」

「希望人們在爲我的死感到悲傷的寒冬過去後，可以在春暖花開時節徹底將我遺忘。」

我覺得這句話中存在著嚴重的矛盾。

「死了還要爲他人著想，這不是太過矛盾了嗎？」

「很矛盾啊，但還是希望可以少一點痛苦。」

「可是，死亡這件事，難道不可以自私一點去做決定嗎？」

「其他事情都可以自私地去做決定，但總覺得這件事情好像不行。」

「怎麼聽起來滿有道理的，有時候你的一些想法眞的很不像個孩子。」

「因爲我曾經內心很受煎熬，也受過很多傷，經過很多磨練，所以才會這樣。」

「我也差不多啊。」

聽到我這麼說，小敏像是嘲笑地說：

「這是在炫耀嗎？」

我也帶著有些悲傷的微笑回答。

「是訴苦。」

❄ ❄ ❄

——可以出來一下嗎？

去哪裡？

——河邊。

好。

突然毫無緣由收到了簡訊。我望著快要西沉的夕陽，強忍著淚水。在美麗的天空幾乎快要消失時，你到了。此刻天色已經暗了許多。

「好慢。」

「我跑過來的。」

成敏有些尷尬地笑了笑坐在我身旁。這時間來來往往的人不多。

「爲什麼叫我出來？」成敏問。

「天氣變得好冷。」

「最近的確突然變冷了。想起黃允瑞了嗎？」

「嗯，還想到那時候，允瑞死的那年冬天，我站在這裡的大雪中狂哭。」

「其實對妳來說最好的辦法，就是忘記允瑞。」

「這個我自己也很清楚。」

「妳覺得妳爲什麼忘不了允瑞呢？都已經過了快十個月了。」

我不知道該怎麼回答才好，心裡覺得很悶。我爲什麼忘不了允瑞呢？還是只是單純不想忘記？

「因爲不想忘記……我現在還活著的理由只有一個，就只是因爲 D-day 而已。

就連這個設定也是因爲允瑞才有的。」

「如果允瑞知道妳要因爲她而死，她會開心嗎？」

「這個……我也不知道。」

每天抱著罪惡感活著的我，從未考慮過允瑞懷抱的罪惡感。允瑞死去的那一天，她對於遺留在自己身後的我是帶著什麼想像呢？難道她早已預料我會試著去恨她、原諒她，又再怨恨她，卻還是拋下一切離開嗎？

「我希望妳能擺脫黃允瑞，活出屬於自己的人生，所以我要陪在妳的身邊。」

「那你想得到什麼？」

「很多啊，想要救妳，光是想到可以救活妳，我就覺得自己也可以活下去，靠著必須救妳的意志我也能活下去。」

「可是我是靠著想死的意志活下去耶……？」

「那妳就靠著想活的意志試著活下去吧。」

聽得我頭昏腦脹，不想繼續想這些複雜的思考，於是反擊說：

「你眞自私耶。」

「人本來就是自私的。」

你又像是若無其事一樣，笑著說。

十月二十一日——

允瑞啊，我真的很好奇，是不是真的要忘了妳才能變得幸福？但是我不想忘了妳，甚至害怕會忘記。我每天每天不過量、適當地緊抓住我們之間的回憶，這樣做的我是不是像個傻瓜呢？我不知道自己是否想要記住妳直到生命的最後一刻？還是想要忘了妳好好繼續生活？妳在我眼前結束了自己的生命，是要我不要忘記妳嗎？好想妳，不想忘記妳，我要記住妳直到我死的那一天。難道這就是愛嗎？我搞不清楚，拜託告訴我答案。想要變得幸福的說法實在太矛盾，讓我莫名感到悲傷。

這是盡我所能以最美字跡，寫在信紙上的一篇日記。

沒有能收信的收件者，也沒有能回答我的句子捎回來，就只是我充滿苦澀的獨白。

***

「喂……？」

「喔，秀雅嗎？我現在在去妳家的路上。」

期中考那天和周泫不歡而散後，她第一次打電話給我。電話另一端的聲音傳來車聲，大概是坐父母的車來吧。

「喔……這麼突然？」

「嗯，因爲要去允瑞的靈骨塔，妳要告訴我怎麼去。」

「好，知道了。」

掛掉電話後，在不明所以的情況下準備出門。準備出門期間覺得腦子很亂，也感到一股窒息的壓迫感。

收到周泫抵達的簡訊後，我就出門了。周泫和周泫媽媽從一台黑色轎車下來，第一次見到的那人一臉不悅地看著我，我向不發一語的周泫打招呼。

「好久不見。」

「……是啊。」

周泫的視線像是看向我，卻又像是看向虛空。

「您好。」

我也向周泫身後的人打招呼。

「要在天黑之前回來。」

「好。」

就這樣我帶著周泫走向公車站。去的路上兩人一句話都不說，在尷尬的沉默中我率先開了口。

「對不起，那天沒有好好跟妳解釋。」

「沒什麼好道歉的。」

又是一陣沉默。

「期中考考得如何……？」

爲了來找我，周泫連期中考都沒考，雖然知道講起這話題肯定不舒服，我還是開口問了。

「兩個科目以零分處理。」

我聽了這句話大吃一驚，愣住不發一語，陷入震驚。我咬著嘴唇，努力揀選著能說出口的詞彙。

「對不起……」

「媽媽雖然很埋怨妳，但是我叫她不要這樣，是我自己的意思，妳也不需要道歉。」

「如果我一開始就好好把事情講開，妳也不用在期中考那天這樣跑過來。」

「如果我當時理智一點，就會在三天之後再去找妳。嚴格說起來，是申佳妍的問題，不是妳的問題。」

「謝謝。」

許久不見的周泫，與我記憶中的模樣已經不同了。那個膽小又害怕申佳妍的周泫，卻毫不在意地說著這些事情、罵著人，這一切都讓我感到很陌生。

下了公車後走向靈骨塔。我也是第一次來，自從葬禮後我就沒想過要來。沒能參加葬禮的周泫，難道是想至少來這裡見她一面嗎？

「妳心裡一定很煎熬吧。」

「……嗯？」

周泫突然看著我說。

「這段時間裡什麼都不能跟我說，妳自己一個人心裡該有多難過。」

「可是……」

「事到如今我已經不埋怨妳了。妳也盡力了，而我的生活也只能這樣走下去。沒告訴我允瑞死了，不是妳的錯。」

我們站在靈骨塔入口，在這樣告訴我並且擁抱我的周泫身上，感受到微妙的安慰，這和從小敏身上得到的安慰又是不同的感覺。眼淚奪眶而出，沒有痛哭失聲，只是淚水靜靜滑落。此刻的心情，沒有比眼淚更好的形容詞了。

來到允瑞所在的樓層。就連在相片裡，允瑞也沒有半點笑容。那是一張表情僵硬的大頭照。周泫一看到相片中的允瑞就哭了，眼淚撲簌簌地不停流下，不一會兒周泫再也壓抑不住痛哭失聲。那悲痛近乎哀嚎的聲音，擊潰了我的內心，令我崩潰到也想要一起痛哭。我無法讓淚流滿面的周泫停止哭泣，當時我唯一能做到的是不要崩潰到癱坐在地，只是默默站在一旁看著那張照片，這已經是我的極限了。

周泫止不住哭泣，爲了讓她鎮定下來，我蹲著輕輕拍她的背。腦中肯定是千思萬緒吧？會有多自責竟然連朋友離世了都不知道？即使對我極度怨懟，即使合理化自己的情緒也不會有人說她做錯了，但是善良的周泫做不到這一點，她的內心可想而知有多麼煎熬。

停下拍撫的手，輕輕將她擁入懷中，周泫也抱著我，在我胸前啜泣。

如果有人可以和我一起分享痛苦的話，痛苦的確會小一點。如果是在失去妳之後沒多久就來到此處的話，我想我的反應也會和周泫一樣吧。

就這樣一點一滴崩潰，又一點一滴恢復，再一點一滴遺忘妳，如果痛苦的記憶消失，是不是就能把妳變成美好的回憶留在腦海中呢？如果真能如此，是否我就能盡情享受那些回憶，不用死去，繼續活著呢？

太陽下山後，送周泫坐上車。周泫雙眼紅腫不發一語，我簡單地道別後就回家了。

丟掉放在書桌上的藥，打開日記。

十月二十九日——

我不埋怨允瑞，所以想到妳時，只有滿滿的思念。過去相處的所有記憶，對我來說都是非常珍貴的回憶。好想好想妳，好想回到那時，再一次感受我們在一起的時光。

我不會說希望妳能復活，也不會說希望時間能倒轉讓我改變過去。我只是想要回到那時候，再次感受年輕又純真的情感，我絕對會更加珍惜的。

❄ ❄ ❄

「十一月了。」我說。

時間流逝飛快到完全無法掌握，頂樓的地板不知不覺變得冰冷。

「現在只剩下兩個月了。」小敏的語氣帶著苦澀，不是知道有朋友要轉學那種感覺，而是更沉重的情緒。

「我剛轉學來，想跟妳當朋友的那段時間，最有趣了。」

不知道小敏是不是要轉移話題，聊起過去的事情。

「爲什麼？」

「其他人只要跟我眼神相對，就會裝作很熟一樣，好像是我女朋友似的。只有妳不一樣，反而對我不屑一顧。」

「我沒有對你不屑一顧啊。」

「眞的嗎？那當時那可怕的眼神是怎麼一回事？」

「嗯……心想千萬不能跟你變熟。」

小敏聽到後，開玩笑地假裝皺起眉頭瞪著我說：

「太過分了吧，擺明就是不屑我嘛。」

「並不是眞的討厭你……而是那時我的自尊感很低，滿腦子就只知道怪罪自己。」

「是我說要當朋友的，爲什麼要怪罪自己？」

「我也不知道，只是覺得如果跟我變熟的話，吃虧受傷的會是你。」

「嗯……」

小敏調整了一下姿勢笑著說：「先改掉妳那該死的心態吧。」

「怎麼說是該死呢？」

「這樣的想法只會讓妳很痛苦啊。」

「與其討厭別人，我覺得這樣比較自在。」

「別胡說八道。」

「我是眞的這樣想。」

「妳要先珍惜自己，別人才會珍惜妳啊。」

「哪裡有會珍惜我的人？」

小敏想了想，手指指向自己。

「我？還有妳媽媽？」

「我媽媽，的確啦。」

「爲什麼去掉我？」

我一聽，噗哧一笑地說：「閉嘴啦。」

雖然打打鬧鬧重拾歡笑，但心裡總覺得自己這樣做是不對的，而這種感覺怎麼也揮之不去。這是一種無法對任何人說出口的感受，我知道這不是一般的情緒，也不是可以被理解的情緒，所以決定獨自承受。

深秋天氣變得相當寒冷，再過不久馬上就要冬天了。眞的沒剩多少日子了，比起害怕，我更多的是期待。

十一月一日——

我的季節一個個死去，
春天，忘不了死去的妳而思思念念；
夏天，在明媚的空氣中，害怕自己也會跟著變得幸福起來；
秋天，是無止境地徬徨；
冬天，又再次想起了妳。
如果有一天我們再相遇，我會好好埋怨妳的。

❄ ❄ ❄

「我不是說過想在陽光明媚晴朗的日子死去嗎？」
「嗯。」
「好難。」
小敏似乎還在挑選說出口的話語，我搶先一步開口。
「或許會看著很美的天空，然後期待著天空再變得更美。又或者我不一定能有勇氣在那麼美麗的日子裡死去。」

「萬一聖誕節的天氣超級爛呢？」

「或許會變得很猶豫吧？」

「眞的很矛盾耶，我要快來祈禱那天別下雪。」

「爲什麼？」

「下雪的話，世界不就會變得太美麗嗎？」

「這哪是能讓你隨心操控的事。」

「極度渴望的話就會實現。」

聽了這話後，我笑了出來。這小子怎麼能如此單純？還是想假裝天眞來安慰我呢？

「長大後，就可以四處旅行，然後交很多朋友，變得很幸福。」

「我有那樣的資格嗎？」

「變幸福哪需要什麼資格？」

即使這樣說，我仍然只是個憂鬱厭世的人。

在我的人生中，是無法找到幸福的。

十一月十三日——

如果在剩下的六週裡，哪怕只要有一天想要活下來，那我是不是就可以活下來呢？大家不是都說拚上自己的生命也要擁有這些小小的幸福？

比起期待，更像是害怕。

時間飛快流逝，我卻沒有什麼太大的變化，沒有長高，臉也沒有改變。如果內心有點改變的話，那或許就是變化了。

其實，有一段時間是變得有些幸福，雖然最終還是被罪惡感淹沒，但能肯定的是，我的內在發生了變化。

感覺到了些微的希望。

霧濛濛的早晨，一大早就下起了初雪，難道已經入冬了嗎？一看到雪，我就想起黃允瑞，已經不在這世上的妳只有這一瞬間才會來找我。

妳又化作冬天來了。

明明也有晴朗的夏天，但妳偏偏化作冬天來臨。雖然我想停留在夏天，但爲了見妳，我留在了冬天。因爲想見妳，怕冷的我在這裡，在大雪中等待著。等待不會前來的妳，等到連微笑都顯得吃力。

只是無止盡地等待著，但是即使妳歸來了，我也看不見。

已經深植內心憂鬱之處的妳，我能稱之爲回憶嗎？

如果有一天我能這樣說的話，那麼我死的理由是什麼呢？申佳妍？還是之前發生的其他事？

街道上到處播放著外國歌曲。若皚皚白雪紛飛，會讓人們爲此感到喜悅，我卻是在飛雪之中尋找某人的痕跡。難怪這次下雪，不，是難怪冬天對我來說就像是眼淚，平凡到不能再平凡的冬天氣息，已不再令我感到清新，反而成了厭惡至極的事。

「又遲到了嗎？柳秀雅。」

爲什麼現在會想起這聲音呢？爲什麼不是在妳曾存在的季節，而偏偏是在妳離開的季節，難道只有在這個季節，妳才會變得如此清晰？眞是讓人無限埋怨又怨恨的世界。

即使從睡夢中醒來也一如往常，以不幸的笑容展開一天。

千思萬緒的一天。

❄ ❄ ❄

「柳秀雅。」

深夜，身後傳來媽媽叫我的聲音，這語氣令人不想轉過身來一探究竟。我最近有做錯什麼嗎？但即使不情願，還是轉過身看著媽媽。

「這是什麼？」

媽媽手上拿著好幾顆我丟掉的抗憂鬱藥。

「爲什麼那些會在媽媽手上？」

雖然想要強裝鎭定不當一回事，但我的瞳孔不安地晃動著。

「那重要嗎？這到底是什麼？妳以爲媽媽是爲了這樣才送妳去醫院的嗎？爲什麼要讓媽媽這麼擔心？」

「我說過多少次我不要吃藥，但媽媽還是強迫我吃啊。」

「妳有吃過嗎？是沒效果嗎？」

「有效果也覺得很煩躁，沒效果也會很煩躁。倒不如這樣更好啊，反正媽媽給我多少我就丟掉多少，所以不要再給我了。」

「媽媽這樣做都是爲妳好，以爲這樣妳會好起來啊。難道沒有嗎？」

「爲什麼媽媽要隨便評斷我的心情？到底爲什麼？難道不能讓我一個人靜一靜嗎？」

「柳秀雅妳到底爲什麼要這樣？媽媽難道是在逼妳吃毒藥嗎？」

「我不要，我說不要的話，難道不能就不要吃嗎？」

「妳是不是把安眠藥都吃了？因爲失眠？」

「我是爲了想死才吃的！」

「什麼？」

不自覺說出來了，媽媽露出非常生氣的表情。我沒有確認時間，轉身奪門而出，留下在背後大聲呼叫我名字的媽媽。

就這樣出門的我這才發現外面的天氣已經變得非常寒冷了，但我不顧一切只是繼續走著。對於自己這樣逃避感到非常厭惡，但也只能繼續任由眼淚滴落。一路上邊走邊哭，過了幾十分鐘心情也始終無法平靜下來。

漫無目的地走著，最後來到家附近的便利店。雖然是平時經常去的地方，但在半夜去還是第一次，所以也是第一次看到工讀生。我隨便拿個餅乾就去結帳，那人看到我滿臉淚痕，顯得有些驚慌失措。但我多少也預料到了，所以只是默默看著自己的手。

「同學……」

「嗯？」

工讀生有些猶豫後，遞給我一罐巧克力牛奶。

「反正再過一下就要處理掉了，回家的路上慢慢喝吧。」

「啊……」

這舉動出乎我意料之外，有些慌張之餘接過巧克力牛奶後離開便利店。其實不是很喜歡牛奶，因爲喝了經常會拉肚子。

看了一下有效日期，還有好幾天才到期。

我打開了平時不怎麼喝的牛奶。

喝完巧克力牛奶，覺得今天有了活下去的理由，但討厭的是自己又多累積了一張無法回報的面孔。是討厭嗎？還是討厭會讓自己哭的事？是悲傷吧？是那份善意與同情讓我熱淚盈眶吧？

並不是說不想死就等同於變得幸福，而且現實是，我很快又會陷入憂鬱，又想尋死，短暫感到幸福而不想死只是一時的，但總之我現在不想死了。有他人給予溫暖的現在很幸福，在這當下，甚至覺得可以刪除手機裡的D-day設定。但哪有這麼容易。

等到這份溫暖冷卻，我就不知道自己要爲了什麼而活，可能最後還是只能爲了D-day而活。

十一月三十日——

不知道是不是現在真的變得麻木，什麼都不想去感覺。希望沒有情緒的生活變得沒有意義，但實際上，我也漸漸沒有情緒。體認到這點讓我感到害怕。我以為不覺得開心、不感到憂鬱，這樣會生活得很舒服自在，但是這樣的代價是太過空虛，在我的生活裡一直找不到可以讓我的人生繼續下去的理由。面對明明是足以令人開心的事情，我的笑容卻有如謊言；明明是相當悲傷的事，只覺得眼淚是從心底湧出，而不是發自於我所感受到的情緒。每一天都是灰色的，無論誰來為它漆上顏色，一天一天仍舊是沒有任何色彩。但我也懷疑，對我而言，世界並非沒有色彩，很可能是我自己刺傷雙眼，選擇成為色盲。在過去的每一天，我讓自己在大雨中淋得濕透，之後，連綿的雨沒有停止的一天，完全沒有時間可以晾乾。我選擇的不是爬到雲端，而是化作水，把自己埋在雨中。

❄ ❄ ❄

不久前那樣大吵離開家後，我就常外出去散步。可能是覺得這樣平靜的時光也只是短暫。隨著散步時間拉長，在家的時間就越短，原本以爲變得無精打采的我什麼也做不了，只是待在房間裡浪費時間慢慢死去，但有了出門的藉口，讓我覺得自己變得像個「人」了。

我通常在晚餐後才會出來散步，白天人太多了。看著那些人各自帶著目標過生活的模樣，我總忍不住拿自己與他們相比，所以寧願選擇沒有人的夜晚散步。

行走的身體，雙腿漸漸沉重；時間是日落時分，天空是粉紅色的。

沒錯，曾經我就是想在這樣的日子死去，整個世界被紅霞染得如此美麗，但是現在我不這樣想了，這樣是否可以說我是靠著自己的意志想活下去？可是我本來就是死不了才活著的啊。

仍然明亮的夜空裡，掛著更加明亮的月亮，我向我所不信的神祈禱著。希望只有我能看到這片美麗的天空；我眼中的月亮、星星、這朵雲、這片天空，希望它們只有在我眼裡是美麗的；希望它們能長久保存在我心中。雖然這聽起來可能會像是奇蹟，但是現在這一時刻，希望沒有別人看到這片天空，我希望這一切能成爲屬於我自己的時間被保留下來。

十二月九日——

為什麼每天夜晚，我總是哭著入眠？難道是在如蟲蟻般的人生裡，對一切都感到懷疑？還是和現在差不多的感覺呢？現在的我已經不記得到底是為什麼讓我的每一天如此悲慘。但是在模糊的記憶中，只有憂鬱深深扎根。時間不是解藥，而是幫助我們習慣傷口的化身。希望我的人生更有意義的一天終能到來，希望我發自內心想要活下去的一天終能到來。

「秀雅！」

善俞從遠方迎面奔來，我也開心地和她打招呼。

「我、我，談戀愛了。」

「眞的嗎？恭喜啊，是我們學校的嗎？」

「別的學校的啦。我眞的好開心。」

「太好了，希望你們能長久啊。」

突如其來的消息，雖然有些失落，但我能做的就只有給予祝福。

下課時間去找靜亞，她和班上的同學正在聊天。

「靜亞。」

聽到我叫她後，靜亞走出教室來到走廊上。

「秀雅，我這次寒假要去做手術，聽說大家上高中前都會去做。」

「眞的嗎？要做哪些手術？」

「我要做雙眼皮和鼻子！」

「要連鼻子也一起做啊，一聽就覺得會很痛。」

「爲了變漂亮，就必須要承受啊。」

好像除了我以外，所有人都在夢想著各自的未來，爲了未來做準備、規畫，與身邊的人許下將來的承諾，然後如此生活著。

只有我抱著尋死的念頭在黑暗之中生活了一年。

如果活下來的話，我會做什麼工作呢？

沒什麼特長的平凡上班族？還是過著打工人生維持生計？想創業也要有創業資金才行，但我怎麼可能有。不知我是否能繼承媽媽的事業？比起這一切，在這之前我會想要繼續活下去嗎？

或許，我是開始有點想要活下去了吧？

十二月十九日——

即使想死也撐著，咬緊牙關堅持撐著。我也知道除了我以外，沒有人會阻止我自己。現在不也是感受到一時湧現又會隨即消失的衝動嗎？所以撐住，乾脆獨自哭泣，別讓身邊的人擔心，自己堅持下去吧。這程度明明就還能撐得下去，為什麼裝作軟弱呢？到目前為止不都堅持得很好嗎？這種程度是可以忍耐的啊，不用死也沒關係吧，到現在不也活得好好的嗎？不是還有很多想做的事嗎……不是還有很多想擁有的東西嗎？

……但是如果還是想死該怎麼辦？再也受不了，覺得自己不幸到快要瘋了，該怎麼辦？不想這樣過生活，其他人都很幸福，爲什麼只有我必須這樣活著？太委屈了。

十二月二十日——

想要愛我自己，愛到死不足惜的程度。

十二月二十二日——

沒有人理解我的努力，甚至就連我自己也是。要先懂得愛我自己，才會懂得愛別人，這句話是真的嗎？如果那是真的，我害怕自己無法愛任何人。我的存在本身就很矛盾，再加上又不討人喜歡，有誰會先愛我呢？不要相信任何人、不要依靠任何人，會不會反而才是不會受傷的方法呢？我的感情並不青澀。

時間不等人，我也不希望時間停止。

像往常一樣，我晚上出來散步，走著走著來到了一條新的道路，是一條有著人行步道的長長隧道。看著不知還會下多久的雪，早已精疲力盡的我，走進了陌生的隧道。看起來有些陳舊的路燈微微閃爍著，爲了躲雪而走進隧道裡，但雪花乘著風也飄進了隧道。在沒有車輛行駛的寂靜隧道中，感受到與記憶中悲傷的冬夜大不相同的氣氛。

「允瑞啊。」

我大聲呼喊，一次又一次，彷彿吹進隧道裡的雪花是妳。於是我追了上去，當雪花落在地上融化時，我甚至感到絕望。如果飄落在隧道外的一片片雪花只會堆積起來，我想雪花或許不知道爲了不要融化而被吹進來的地方，反而是最爲孤單的地方。

其他同學們可能在補習班，或是已經回到家，或是在寫作業，而我獨自一人追逐著陌生的雪花。或許有人看到會以爲我比任何人都顯得自由自在，但是我其實比任何人都更受侷限，被綑綁、束縛在同一個地方。人們不明白在自由背後隱藏的孤單與空虛。那是一個雪花逐漸融去，而我只能輕聲啜泣的夜晚。

十二月二十三日——

度過了或許是人生的最後一個星期四，乾脆死了反而心裡會更輕鬆自在的感覺，一下子就湧上來。如果繼續活下去，是不是還是會像生病一樣，緊緊抱著這樣的念頭繼續生活下去？滿腦子只有負面消極的想法，不知道該怎麼整理自己的感情，只能手握著筆不斷書寫。真想就這樣死了，但因為知道只剩兩天，所以還活著，約定未來之事毫無意義，不管在哪、用什麼方法都無所謂，我只想離開。然後，不管有沒有來世，死了之後我想變得幸福。不知在哪看過這麼一個問題：「是否會覺得過去的日子很可惜？」那問題的意圖很簡單，就是要人想想過去堅持努力活著的日子，然後為了那些日子繼續活下去。但我的忍耐已經到了極限，堅持不下去時只能選擇死亡，我是這麼想的。現在我已經不知道該怎麼釋放內心的感情才好，即使拿起刀子也沒有想要劃下去的念頭，就算想掐緊脖子也不覺得會死。恣意痛哭，寫日記寫到睡著，還真是微不足道的一天啊。

❄ ❄ ❄

D-1

或許這天會成爲某個有意義的一天，但實際上沒有特別不同，與我的意志無關，時間就只是不斷流逝；也與我的外表無關，這世界依舊美麗。

只是一起床就有個想法：即使沒有了我，這世界仍舊一如過往的美好。

天氣很好，也許到明天爲止都會很好，但就連這樣也覺得好討厭，明明一切都是按照我的計畫進行。

沒有想見的人，只想就這樣一直待在家裡，其實我很害怕出門，害怕出門時，會一個衝動跑到車來車往的馬路上。

「妳終於打來啦。」

「總覺得應該要這樣做。」

「是道別嗎？是打算時間一到十二點就要去死嗎？」

「雖然允瑞是這樣做……但我不知道。」

「……難道沒有活下去的想法嗎？」

「我也不知道。」

「我對妳來說是有意義的人，對吧？」

「難道應該要是嗎？」

「我希望是。」

「我不知道。」

「今天不打算出門嗎？」

「怕自己會一時衝動跑去死。」

「什麼啊，妳也是會害怕死亡嘛。」

「但又好像一點都不害怕。」

「既然如此，就活下去吧。」

「你很不安吧，怕我眞的會去死。」

小敏沒有回答，以前這樣的話，他總是會笑著「嗯」一聲的。

「爲什麼不回答？」

「本來想說沒有，但我的確很不安。」

「你這樣的話，我要怎麼說我要死。」

「到現在爲止妳不是都做得很好嗎？」

「這話是沒錯……對不起。」

「沒什麼好對不起的，是我自己一開始就想跟妳當朋友。」

「就算是這樣……」

「秀雅啊，妳想想喔，如果妳上了高中，然後又上了大學的話……」

小敏說到一半突然停下來。

「妳哭了？」

「你怎麼知道我有沒有哭？」

「就是知道，一定是妳太常在我面前哭了。」

電話另一端的聲音，聽來如此熟悉卻又憂鬱。我的高中、我的大學，我從未想過的未來，我就是一心想著死了就好了，所以並不會擔心，也從未擔心過未來。

「爲什麼哭？」

「我無法想像我的未來。」

「妳不是說D-day只是一種手段？」

「說好聽一點是手段，因爲我只是一個膽小鬼，害怕馬上去死自己會後悔，所以才會選擇逃避。」

「結論就是，我努力要救活妳，而妳也想繼續活著。」
「你怎麼能如此篤定？」
「因爲我相信。相信的話，就會成眞。」
「如果我說我會死，而且我是這樣堅定地相信呢？」
「光靠相信不夠，我還會試著阻止的。」
「剛剛才說只要相信就會成眞。」
「妳會有未來的，一定會有。」
成敏安慰我的話毫無根據，眞不懂他爲什麼要對我這麼好。
「反正我都會死，爲什麼要對我這麼認眞？」
「我就說不會讓妳走到那一步的。」
「我想要變得幸福，我想死了才是我最大的幸福吧？」
「那麼，在活著的期間，也應該要幸福地活到最後一刻。」
「如果我是能變得幸福的人，就不會想死了。」
「是喔，這不是很簡單嗎？」
「變得幸福怎麼可能很簡單？」

「就跟難得聽到有好吃的營養午餐，我們會開心地笑的道理一樣簡單。」

「的確如此。」

「所以啊，我希望妳的每一天能因為一頓美味午餐而變得幸福快樂。」

「幸福如果能夠這麼簡單就好了。」

「是很簡單啊，嗯……只要將一點一滴微小的小幸福聚集起來，讓妳的每個瞬間染上幸福，或許在那一瞬間就會產生可以活一輩子的勇氣。」

就連獲得微小的幸福都很困難的我來說，這些話很難理解。我要怎樣才能感受到幸福，像別人一樣展露笑容呢？

「秀雅。」

媽媽站在房門口叫了我。

「我要掛電話了。」

「嗯，星期一見。」

……

經常聽別人說幸福就在我們身邊，但我還是不習慣，但明天是我的最後一天了，他怎麼能這麼若無其事地跟我約星期一見呢？是不相信我會尋短嗎？還是斷定我不會有這種勇氣呢？

還是他相信我絕對不會死呢……

沒什麼雄心壯志，我也不知道明天我會不會死。

只是，想像我沒有死去的未來，實在太令我害怕。我仰起頭微微一笑，打開了房門。

「什麼事？」

「和媽媽談談吧。」

好害怕，是看了我的日記嗎？

「今天班導師聯絡我了。」

「跟妳說什麼？」

「說妳每次午餐時間都不在學生餐廳。」

「爲什麼要跟妳說這個……」

「妳不交代清楚嗎？一定要讓媽媽這樣一直擔心嗎？爲什麼不吃營養午餐？」

「每天中午都會和小敏去頂樓聊天。」

「小敏？你們班的轉學生？」

「嗯。」

「聽說是男學生，妳喜歡他嗎？」

「不是這樣！」

「那是什麼？而且爲什麼學校頂樓的門又可以打開？學校眞的……」

「媽，妳爲什麼要這樣！」

「媽媽會無緣無故就這樣嗎？妳知道頂樓是多麼危險的地方嗎？要是一不小心踩空了怎麼辦?!妳經歷過允瑞的事，還跑去學校的頂樓？」

「和那件事有什麼關係？」

「如果眞的發生個什麼萬一的話該怎麼辦?!如果一個不小心，發生了意外的話怎麼辦?!」

「不管是不是不小心，我都想要一死了之！」

啊……

媽媽的表情變得扭曲。

「妳以爲媽媽都無所謂嗎？一直說要去死，妳以爲媽媽就不會感到不安嗎……

每天每天，媽媽不安到快發瘋了！」

說完的瞬間，媽媽就像個孩子般放聲大哭。從未在我面前哭過的媽媽，現在在我面前哭了，我的腦子一片空白無法思考。

「對、對不起，媽媽，拜託妳別哭了。」

拭去媽媽眼淚的同時，我也跟著哭得淚流滿面。這段日子以來，媽媽要獨自承受的事，與我過去的自私交織在一起，讓我感到更加歉疚。

「媽媽，對不對、對不起，我不會去死的。」

雖然這話並非發自眞心，但不知道媽媽是否因此感到安心，而說起時間晚了，我該回房間休息。在那之後不知道媽媽又哭了多久。回房後，因爲心情仍舊很激動，我打開了日記本。

十二月二十四日——

小時候這個日子總是能讓我一整天都感到幸福又激動，這次卻不知道為什麼，真的一點感覺都沒有。至少能感受到恐懼也好。就在幾分鐘前才看到媽媽傷心哭泣的模樣，不知道能說些什麼，因為我知道這一切都是我自找的，唯一能做的只有拭去媽媽的眼淚，不斷道歉而已。至少去頂樓的事不該傳到媽媽耳裡，至少不該把不小心死掉也沒關係的話說出口，看著哭得比我還要傷心的媽媽，覺得自己犯下了滔天大罪。

日記寫著寫著就睡著了，腦海中閃過許多想法，但又想推到明天再做。明天一睜開眼，我就打算要離開家裡。如果是允瑞的話，她會怎樣做呢？

夜晚比想像中還要短暫。就冬天而言，這天早上的陽光過於耀眼，都把我吵醒了。今天是週末，不想浪費時間就起床了，稍微瞄了一眼化妝台。

「就算不化妝也沒關係吧。」

於是我沒有梳洗，戴上帽子，穿著短版羽絨外套圍上圍巾，套上襪子穿著拖鞋就離開家了。

今天是具有些許意義的日子。

聖誕節。

也許不只是我，是對所有人來說都具有特別意義的日子。家門外的街道比平常更喧雜。怎麼說呢？像是連空氣都變得比較輕盈的感覺，可以輕鬆地大口吸氣、吐氣，吐出來的白色霧氣緩緩飄上帽簷。

我這毫無意義的人生活了多久？不過才十幾年，我已經不記得很久以前的我是否幸福？與其說波濤洶湧，不如說我只是一直站在平靜水波的水平線上，那寧靜的孤寂彷彿要殺了我一樣，將我吞沒。

可能是睡晚了，時間已經不早了。

滿街都被英文歌曲吞沒，所有人帶著興奮愉快的心情期待著明年的到來，增長了一歲，更換了新的日曆，有人下定決心要改變人生，有人繼續過著一成不變的人生，也有人無法享受一切就此消失。

退後一步遠遠看著這一切景色，果然，這不是我所生活的那個世界。

想找一個人煙稀少的地方，但是卻怎麼也找不到。

拿出手機確認時間。

17：47

還剩下好多時間。

我改變方向，抵達了漢江。最後一次到漢江正是一年前，允瑞葬禮的那一天，坐在當時坐的地方，可惜景色有些變了，沒有當時的那片晚霞，天空也不那麼晴朗，儘管我的心願是能在最美麗的那天死去，但是天氣不可能讓我隨心所欲去操控。想著想著，我苦笑了一下。

我心想，不知有多少和我有著相同想法的冰冷靈魂被困在這片水面之下？不知爲何與其說害怕，我更想要的是沉下去陪這些靈魂一起哭泣。雖然這話聽起來很可怕，但我是眞心同情。

我又來到之前爬上去的橋上，雖然說不上是懷念，但在這充滿悲傷氣氛的地方，讓我感到更加悲傷。

還想在剩餘的人生多呼吸幾次再死去，還沒打算現在在這裡墜落身亡。之前來到這橋上的那一天，似乎有著比現在更強烈的想死決心。

也是得要爬上去才能掉下來……
冒出這種想法，的確有點可笑。
眼窩深處有些發癢，原來是一旁有人在偷偷瞥看我。
如果在這裡被警察抓，或是叫父母過來的話，事情會變得更麻煩。我趕緊移動腳步。
時間來到晚上七點，媽媽的來電一直響個不停，有一種再不接就要去通報失蹤人口的氣勢，或許已經通報了也說不定。反正只要今天一天不被抓到就可以了。我的決心沒有動搖。
再次來到住家附近的回程地鐵上，看見了晚霞。就連能在寧靜的地鐵中看到美景，我都覺得相當幸運，甚至對此刻的我來說，這已是過於奢侈的事。
隱約覺得這或許是最後一次看到夕陽。雖然是落日，卻比升起的日出有著更美麗的姿態，或許，是因爲該落下時就落下，才顯得美好嗎？
如果所有生命都有該結束的時候，那今天對我來說就是那個時候嗎？即使天空並不完美，但天空在我眼裡總是美麗的，難道我無法成爲那片天空嗎？

「好久不見啊。」

「是啊，您近來身體是否安好呢？」

那天是允瑞過世後，我第一次來到允瑞家。

「只是隨便湊合著過日子。」

「還是要注意健康才行啊。」

「不過是快死的老人，身體健康有什麼用啊？大家不是都說，子女先走一步，媽媽要是還過得幸福的話，可是會遭天譴的。」

「不管怎樣，請一定要幸福喔。」

這麼說著的我幾乎就快要哭出來。允瑞外婆注意到我的臉色似乎不對，緊緊握住我的手。

「允瑞也曾跟妳一樣，對我說過一樣的話啊。」

「什麼話呢？」

「不管怎樣都要幸福這句話。」

「我們就連想法都變得相似了呢。」

「是啊……雖然曾經希望妳們兩個能長長久久當一輩子的好朋友……」

「……」

「允瑞剛會走路時，我和軒庭，還有允瑞爸爸一起在旁邊看，那時笑得有多開心啊，就跟軒庭剛會走路一樣高興啊。只要她能無憂無慮、健康漂亮長大，我就非常感謝了。」

外婆像是很久沒跟別人說這種話了。而我也是久違地聽到允瑞的事，本想跟著附和而張開的嘴唇，竟然微微顫抖著，最後爲了不發出哭聲，硬是閉上了。

「軒庭和允瑞爸爸那樣走了以後，允瑞啊，只哭過一次就再也沒哭了，那麼小不點的一個孩子，在我看不到的地方到底哭過多少次啊。」

「允瑞看起來一直都很堅強。」

「是吧?她在家裡也總是這樣。」

「外婆沒有任何錯，您盡力了。」

「……是嗎?」

「如果眞要怪罪的話，都是我的問題。因爲我陪在她身旁那麼久，竟然一次都沒察覺，都怪我太自私，就只注意到自己。」

我站起身。

「外婆……請您一定要健健康康長命百歲，很久很久以後去見孫女時，請一定要帶著世界上最燦爛的笑容喔。」

聽著頗不自然的安慰，外婆只是默默地望著我。雖然心很痛，我也只是默默強吞下淚水。抬頭望向時鐘，是時候該走了。

「秀雅啊。」

視線再次望向外婆。

「最近很冷吧。」

「是啊，請小心別著涼了。」

「妳啊，現在別死。」

「您在說什麼？」

「外婆老了，唯一的孩子也只有軒庭，所以走的時候已經沒有任何人會陪在我身邊了。不過妳還有很多機會啊，比起外婆這個老人，妳還有更多機會可以好好生活。我們秀雅啊，要比外婆活得更老，跟子子孫孫享天倫之樂，然後再安詳地走，難道妳不願意嗎？」

外婆以哀切的眼神看著我，眼皮鬆弛垂下的肌膚四周布滿了深深淺淺蜿蜒的皺紋與黑褐色的斑斑點點，這些痕跡訴說了外婆過往的歲月。

眼淚瞬間奪眶而出。外婆嘴裡喊著「哎呀」，站起身抱住了我。

無論再怎麼裝大人，試著安慰他人，結果還是很容易被眞正大人的一句話、一個溫暖的舉動，輕易突破心防。我終究還只是個孩子啊。

「剛剛妳媽媽有來找妳，快回家吧。」

「好……外婆再見。」

允瑞家是長條型公寓，走出門來就可以看天空。

原本是漆黑的天空，被不知道是霧還是雲的東西布滿，整片天空近乎灰色。夜色漸深，我決定在住家附近再多繞繞，從平時走過的路到平時沒走過的路，全都裝進眼裡。那天，不知我是因爲抱著必死的覺悟而哭，還是因爲不想死而哭，已經不知道原因是什麼了。

太陽再次升起前，逃跑吧。在我看到陽光前，在我想要活下去前，逃吧。

21：00

朝著既定的地點前進。

啊，其實在去的路上買了一把美工刀，但是買了沒多久就丟掉了。

走路腳步漸漸沉重，原本自動亮起的手機，亮光也逐漸熄滅。

似乎還會再次來臨的那一天，照著原定計畫到來。雪花稀稀落落悠悠飄落，曾經以爲能夠遺忘可怕的那一天，將在這個地方完整重現。

彷彿似曾相識的即視感，感覺站在這裡的人不是我，另一方面又想自己是眞的來到終點了嗎？忽然感到很輕鬆舒暢。

卻又害怕。

寒風吹襲著我，刺骨寒風颼過肌膚，心裡更感空虛。想到自己血流滿地的畫面又覺得有點恐怖。那塊不同顏色的人行道地磚是否能再次找回原本的顏色呢？還是，我無法掉落在相同的位置？

那時，果然即將在崩潰邊緣，但我仍努力不失去最後一絲理智。

毫不在意、不存在任何一點我的意志，只因衝動而死去，難道不是更可怕、更沒有意義的事嗎？

23：00

如果一小時後我沒有從這裡跳下去的話，我活著走過的這段時間，它的意義會變成什麼呢？

爲了死而活著的那些時間。

只爲了一天而堅持走過的一年。

如果今天在此處我不死去的話，這些時間，就不只是爲了死而活著的時間，而是，爲了活下去，讓我呼吸到最後一刻的掙扎？

我最初決定選擇今天時，是帶著怎樣的心情呢？

是希望消失在這世界上的心情嗎？

還是滿心鬱悶地只想逃跑，不管是到天堂還是地獄，去哪裡都好呢？

如果也不是這個的話，是至少可以堅持活到這個時候，是所謂的最後一絲希望嗎？

腦海中充滿著運動場乾燥的泥土味、濃郁而空虛的冬季細雪氣味，以及只留在我腦海中允瑞留下的血腥味。我想起了某人看到的最後景色，心中浮起濃濃思念，想念如今已不再活在我心裡的某人。

腦海中浮現了那人最後的想法。

23：28

喀嚓——

我將照片傳給某人，連同文字訊息一起。照片中是我們學校頂樓的紅色地板，照片的末端，也拍到了我的腳。

——被遺忘是理所當然的

——但我還是想要永遠被記住

其實，傳了照片之後，我哭了許久。

過去一年裡，我完全想不通，到底那日允瑞傳給我頂樓照片的原因是什麼？也曾無數次浮現「其實允瑞是討厭我的嗎？」這念頭，常常覺得允瑞對我做出這樣的事眞的很過分。

「原來是想要活下去啊。」

艱困地吐出這句話，伴隨聲音結尾的是嗚咽哭聲。不知道是因爲身在高處所以傳來回音，亦或是我的幻聽，我聽到了回傳的哭聲。

有些事情只有經歷過才能理解。

並不會因爲我無法理解，就代表允瑞是壞人。或許從我的角度覺得如此，但從理性角度來看，並非如此。

因爲害怕，因爲想活下去。

因爲不管怎麼下定決心、再怎麼堅定準備，那苦痛都是無法估量的。

如果有人，任何人都好，可以抓住我就好了，允瑞是不是後悔自己在人生最後一天選擇的是我？

要是我，也會有相同的想法吧。

反覆回想放在書桌上的遺書內容。

在岌岌可危的學校頂樓盡頭，像是瘋了般對著什麼喃喃自語，心中極度思念著某個事物。

砰——

「柳秀雅!!」

快喘不過氣來的成敏衝上來並用力推開頂樓的門。

可笑的是，一看到氣喘吁吁急忙趕到的你，我不自覺笑了，露出安心的笑容與顫抖的呼吸。

23：51

「不要過來。」

「妳這樣讓人很害怕，別這樣。」

好一陣子只聽見一個非常微弱的機車聲音。

「我終於稍微能理解允瑞了。」

「妳不是說妳會沒事的嗎？」

「其實允瑞很怕死。」

「別哭了，先下來再說。」

「那麼嬌小的人，是抱著什麼心情從這裡跳下去的呢？」

「秀雅，妳先下來，拜託！」

「害怕的話，就叫我抓住她啊。」

「……拜託告訴我，我沒有來晚。」

小敏雙眼滿盈淚水對我伸出手。

老實說，我不想抓住他的手。隨著日子流逝，即便我今天在這裡沒死，也不能保證以後我不會後悔。

現在的我不想死，但更不想活。

當時，我是這樣想的。

那麼想要活下去的允瑞，是不是後悔最後沒有抓住我伸出去的手呢？

成敏笑了，但那笑容像是內心深處仍舊十分沉重。

我握住成敏伸出的手。小敏像是在等待著，露出不安的笑把我拉向他。

在雪花紛飛之中，在無止盡流逝的時間裡，那時小敏對我說的唯一一句話是——

「謝謝。」他說。

不管是現在已不在世上的允瑞，還是我不願吃的藥，抑或是曾經談話的諮商師，都不是我依賴的對象。

我依賴的，是連關心都無法好好表達的媽媽，或是和我一樣呆傻的小敏，還有爲了活下去不時安慰著自己的那個我。

23：57

「你幹麼跟我道謝？」
「因爲妳活著。」
「現在還沒過十二點。」
「馬上就要過十二點了，而且就算到那時候妳還是會握著我的手。」
「你怎麼知道？」
「因爲我不會放手的。」
「眞的嗎？」
「妳剛剛不是說允瑞想要活下去。」
「嗯。」
「妳怎麼知道的？」
「……我試著做允瑞做過的那些事，除了強烈想要活下去的念頭之外，沒有其他想法了。」
「妳看吧，妳也想活下去。」
「我很想死。」

「可是爲什麼活下來呢？」

「因爲你抓住我。」

「是妳抓住我吧。」

原來，我想活下去。

每一刻、每一秒。

原來，有人說自己不是想死，而是不想這樣活，眞的是這樣啊。

「對耶。」

訂下了一年的倒數死限計畫，並不是因爲絕望而想死，也不是想要悲慘地度過每一天。而是想到只有一年了，我要讓剩下的時間活得更有價值，並且決定在這一年倒數結束之前，絕對不要輕率地死去——這就是專屬於我安慰自己的方法。

說不怕死，是騙人的。那時還很年輕，有點笨傻的我，沒有得到我那期盼已久的結局。

「最後我還是抓住你，求你救我。」

「是妳憑藉著自己的意志，現在才會活著，和我一起。」

「秀雅？」

我鑽進了小敏的懷抱中。

緊緊抱著他的背，暖暖的。

以後對我來說，冬天還會是最冰冷的季節嗎？還是，總有一天會成爲能夠回憶起這一切，最溫暖的季節呢？

午夜鐘聲響起。

D+1

只是，現在我能確定的是，我的冬天不再寒冷，漫天落下的白雪也不再沉重。

冬天的雪花之間，只有兩人吐出的熱氣飄然而上。

你拭去我的淚水。

作者的話

在寫第一本小說時，眞的苦惱了許久。是否能將我所感受、經歷的事情，化作文字好好表現出來？是否能讓許多人產生共鳴？這些文字在大人眼裡是否能代表我這年齡的孩子發聲呢？

希望這本書能讓與我年紀相仿、正處於青春期的青少年產生共鳴，能爲他們向大人們發聲，同時這也是一本爲過去曾經徬徨的我指引明路的書。如同藉由寫這個故事而獲得慰藉的我一樣，如果有人能在閱讀這故事的同時獲得安慰的話，對我而言就是一種幸福了。

青少年自殺問題，就在我們身邊，比我們以爲的更近，也是經常發生且可怕的問題。孩子的憂鬱感並非單純不懂事，反而是在不成熟的年紀下，比起成人更容易衝動，所以也更危險，希望這本書能成爲一個契機，讓我們的社會認知到這一點。

只是身爲一名青少年，我實在很想知道，爲什麼這個世界不能幸福？爲什麼只能充滿憂鬱？爲什麼我們國家沒有能讓所有珍貴的孩子都能幸福成長的環境呢？我試著提出這樣的問題。

事實上，秀雅並不是因爲特別而成爲主角，相反的，或許正因爲她不特別，正因爲她就像我們身邊任何一個再平凡不過的孩子，所以她成了我小說中的主角。我希望能夠告訴大家，即使是擁有父母的關愛，即使是在一個平凡家庭中成長的孩子，也可能患有憂鬱症。而且，在這個混亂世界上，有許多人死亡、自殺，我們透過新聞對這些事件的關注，導致體驗他人的死亡在不知不覺中成了司空見慣的事。我寫這個故事是想強調且具體化，每個人在那種情況下會感受的衝擊和恐怖。

同時也希望能傳遞「不要一時衝動尋死」「花點時間尋找生活意義」的訊息。我希望這故事是一個安慰和希望的訊號，送給那些正在思考死亡的人，同時也想給處於心理創傷的韓國社會留下一個課題。

感謝各位讀者將一個國中生不夠好的文筆讀到最後，也向所有支持並鼓勵出版這本書的人表達誠摯的感謝。

白般別　寫於十四歲的冬天

Eurasian Publishing Group
圓神出版事業機構
用心與你對話．視野無限寬廣
寂寞出版社
Solo Press

www.booklife.com.tw reader@mail.eurasian.com.tw

Soul 057

死限來臨前請抓住我

作　　者／白殷別（백은별）
譯　　者／梁如幸
發 行 人／簡志忠
出 版 者／寂寞出版股份有限公司
地　　址／臺北市南京東路四段 50 號 6 樓之 1
電　　話／（02）2579-6600．2579-8800．2570-3939
傳　　真／（02）2579-0338．2577-3220．2570-3636
副 社 長／陳秋月
副總編輯／李宛蓁
責任編輯／朱玉立
校　　對／李宛蓁．朱玉立
美術編輯／金益健
行銷企畫／陳禹伶．鄭曉薇
印務統籌／劉鳳剛．高榮祥
監　　印／高榮祥
排　　版／杜易蓉
經 銷 商／叩應股份有限公司
郵撥帳號／ 18707239
法律顧問／圓神出版事業機構法律顧問　蕭雄淋律師
印　　刷／祥峯印刷廠
2025 年 2 月　初版

시한부

This book is published with the support of the Literature Translation Institute of Korea (LTI Korea).

定價 420 元　ISBN 978-626-98768-8-4

幸福不是在通往目標路途上的某樣東西，

而是那條路本身就是幸福。

你所遇見的每個人，都在苦苦掙扎著與什麼對抗，

所以你必須親切待人。

——《不便利的便利店》

國家圖書館出版品預行編目資料

死限來臨前請抓住我／白殷別 著；梁如幸 譯. -- 初版. -- 臺北市：寂寞出版股份有限公司，2025.2

368面；14.8×20.8公分（Soul；57）

譯自：시한부

ISBN 978-626-98768-8-4（平裝）

862.57　　113019640